Volker Frühling

Reflexe und Reflexionen

Ökonomie – einmal anders

Eigentlich weiß man nur, wenn man wenig weiß;
mit dem Wissen wächst der Zweifel.

Wir mögen die Welt kennenlernen, wie wir wollen,
sie wird immer eine Tag- und eine Nachtseite behalten.

Es ist immer dieselbe Welt, die der Betrachtung offen steht,
die immerfort angeschaut oder geahnet wird,
und es sind immer dieselben Menschen,
die im Wahren oder Falschen leben,
im letzten bequemer als im ersten.

J.W. v. Goethe, *Maximen und Reflexionen*

Volker Frühling

Reflexe und Reflexionen

Ökonomie – einmal anders

Bibliografische Information Der Deutschen Bibliothek

Die Deutsche Bibliothek verzeichnet diese Publikation
in der Deutschen Nationalbibliografie;
detaillierte bibliografische Daten sind im Internet über
http://www.dnb.de abrufbar.

Bibliographic Information published by Die Deutsche Bibliothek

Die Deutsche Bibliothek lists this Publication
in the Deutsche Nationalbibliografie;
detailed bibliographical data are available on the Internet at
http://www.dnb.de .

1. Auflage 2013

Herstellung und Verlag: BoD - Books on Demand, Norderstedt

ISBN 978-3-7322-7351-5

Bei der Erstellung des Buches wurde mit großer Sorgfalt vorgegangen; trotzdem lassen sich Fehler nie vollständig ausschließen. Verlag und Autor können für fehlerhafte Angaben und deren Folgen weder eine juristische Verantwortung noch irgendeine Haftung übernehmen. Für Verbesserungsvorschläge und Hinweise auf Fehler sind Verlag und Autor dankbar.

© 2013 Dr. Volker Frühling, Olching

Das Werk einschließlich aller seiner Teile ist urheberrechtlich geschützt. Jede Verwertung außerhalb der engen Grenzen des Urheberrechtsgesetzes ist ohne Zustimmung des Verlags unzulässig und strafbar. Dies gilt insbesondere für Vervielfältigungen, Übersetzungen, Mikroverfilmungen und die Einspeicherung und Verarbeitung in elektronischen Systemen.

Vorwort

Zweck der folgenden Zeilen ist eine »ökonomische Alphabetisierung« auf eine leichte Art und Weise.

Auf den Gedanken einer ökonomischen Alphabetisierung bin ich erstmals bei *Attac* gestoßen. Ich fand die Idee gut und nachahmenswert, wollte aber nicht rein sachlich vorgehen, sondern durchaus kritisch und, wo nötig, polemisch zu den teilweise hanebüchenen Verdrehungen und Verirrungen der veröffentlichten Meinung einen Kontrapunkt setzen.

Ob mir das gelungen ist, muss der Leser entscheiden.

Olching, im Oktober 2013　　　　　　　　　　　　Volker Frühling

Inhalt

Vorwort

Einleitung	1
Hat Wirtschaft(en) ein Ziel oder einen Zweck?	4
Eigentum als Voraussetzung	12
Die unsichtbare Hand	16
Der *homo oeconomicus*	19
Die Alternative	25
Die Effizienzhypothese	28
Die Maximierungshypothese	37
Die Bewertung von Unternehmen	45
Neoliberalismus	53
Lobbyismus	68
Der Finanzmarkt	70
Die Symbiose der Wenigen mit den Vielen	85
Das Bild des Unternehmers im Wandel	88
Zinsen – ein wirkungsvolles Instrument?	92
Kreditismus	96
Inflation	102
Konsumismus	106
Politik und Konzerne	111
Big Business	113
Private Equity	116
Ökonomie und Nachhaltigkeit	119
Bürokratie	121
Was tun?	129
Ausgewählte Literatur	138

Einleitung

Es ist Winterabend. Schnee fällt, und es ist empfindlich kalt. Wir sitzen an dem großen Tisch im Warmen und warten auf die Getränke, die Peter aus seinem Keller holt.

»Ich habe Weißbier, Weißwein und Rotwein. Wonach steht Dir der Sinn?«

»Ich habe Durst und beginne mit dem Weißbier und lasse offen, was ich danach trinke.«

»Ich nehme mal den Rotwein, der ist relativ neu in meinem Sortiment, und ich bin gespannt, wie mir der Wein heute schmeckt.«
Wir heben das Glas und nicken uns zu und lehnen uns dann mit Wohlbehagen entspannt zurück.

»Du, Peter, ich hab' eine verrückte Idee.«

»Hm …«

»Ich trage mich mit dem Gedanken, ein kleines Buch zu schreiben.«
Er schluckt schnell, damit der Wein keine Chance hat, seinen Mund in einer anderen Richtung zu verlassen.

»Wie stellst Du Dir das vor?«

»Schau, wir unterhalten uns, wann immer wir uns sehen, über vieles, was uns bewegt, ärgert, begeistert oder bei uns eine Reaktion des bewussten Desinteresses auslöst.«

»Und das soll Dritte interessieren?«

»Warum nicht? Für so abwegig halte ich unsere Feststellungen und Argumente nun wieder nicht, dass sie nicht auch anderen zur Diskussion und Anregung dienen könnten. Denk' an das Fernsehen mit all den überflüssigen Prominentennachrichten, die ich gar nicht wissen will. Da wären wir doch richtig gehaltvoll. Ich bin zwar nicht der Meinung, dass alles das, was wir in unseren Gesprächen absondern, Wert wäre, aufgezeichnet zu werden. Wir können Unnötiges ja weglassen. Papier ist unwahrscheinlich geduldig und völlig selbstlos. Wenn wir das Gefühl haben, dass das Gesagte nicht das ist, was wir meinen, so lass' uns den Gedanken einfach streichen – nichts leichter als das.«

»Ja, hm ... und Du glaubst, für unsere Gedanken interessiert sich jemand?«

»Warum nicht, hat doch schon Lessing das ›laute Denken mit einem Freunde‹ so geschätzt, dass er es als empfehlenswert zu Papier gebracht hat.«

»Und was soll nun Gegenstand unseres ›gemeinsamen Denkens‹ sein?«

»Das lassen wir an uns herantreten – immer dann, wenn uns der Schuh irgendwo drückt, dann ist das unser Thema. Ich möchte vordergründig solche Themen aufzugreifen, die für die Gesellschaft eigentlich wichtig wären, die aber aufgrund von verschiedenen, sehr dominanten Interessen klein gekocht bzw. deren Fakten so verdreht werden, dass sich absolut kuriose Entwicklungen abzeichnen.«

»Bring' mal bitte Beispiele?«

»Was ist der Markt? Und was kann er und was kann er nicht und wird es auch nie können? – Was ist mit dem Kapitalismus, wenn wir deutlich erkennen, dass unsere Ressourcenlage immer kritischer wird? – oder anderes.«

»Uiuiuih, meinst Du, da haben wir eine Chance, eine Aussage zu machen?«

»Klar doch, die Vertreter des ökonomischen Mainstreams machen doch nur Aussagen, die einer Realitätsprüfung regelmäßig nicht standgehalten haben. Das ist doch das Gute, dass wir nicht mit den Mainstream argumentieren müssen – wir kommen doch aus dem wirklichen Leben, das ist gerade im Falle der Ökonomie ein unschlagbarer Vorteil. Wir verhalten uns wie normale Bürger und lassen uns nicht die Rollen von Kunden, Konsumenten und Verbrauchern aufdrücken. Wir dürfen aus unserer Position heraus sagen, was nicht nachvollziehbares Zeug, was unrealistischer Blödsinn ist, ohne dass unsere Reputation im Kreise irgendwelcher Universitätskollegen in Gefahr ist. Du glaubst doch nicht, dass Ökonomieprofessoren so dumm sind, die Realitätsferne ihres Gedankengebäudes nicht zu durchschauen. Sie haben bloß keine Lust; zu erkennen, dass sie nichts wissen. Sie müssten ja anfangen, den theoretischen Augiasstall auszumisten.«

»Was wäre noch ein Thema?«

»Die Lage unserer Gesellschaft mit ihren Tabus und Missverständnissen.« …

»Wir können doch nicht immer, wenn wir uns treffen, druckfertige Sätze produzieren. Da mache ich nicht mit. Das artet in Stress aus, wenn ich mich zudem für jede Äußerung auch noch rechtfertigen müsste.«

»Nein, nein, wir sammeln unsere Gedanken zu einzelnen Themen und Themenbereichen, prüfen Ihre Tragfähigkeit, Formulierung und Vermittelbarkeit und nehmen sie gegebenenfalls dann in das Buch auf.«

»Da bin ich ja mal auf das Ergebnis gespannt!«

»Ich auch, aber es ist auf jeden Fall einen Versuch wert.«

»Womit fangen wir an?«

»Immer vorne bei dem Großen und Allgemeinen!«

»Na, dann mal los.«

Hat Wirtschaft(en) ein Ziel oder einen Zweck?

»Hat das Wirtschaften ein Ziel? Oder ist die Frage ebenso überflüssig wie die Frage nach einem Ziel der Geschichte? ›Geschichte‹ ist ähnlich wie die ›Wirtschaft‹ eine gedankliche Konstruktion, die ohne den Menschen nicht denkbar ist. Geschichte geschieht uns bzw. wir empfinden das so, obwohl wir wesentliche Entwicklungen der Geschichte selbst produzieren.«

»Wirtschaften ist auf den Versuch gerichtet, Versorgung unter widrigen Umständen vernünftig sicherzustellen. Ich denke, Wirtschaften hat deshalb ein Ziel. Der Arbeitgeberverband gebraucht die Formel: ›Das Ziel der Wirtschaft ist die Versorgung der Menschen mit Gütern und Dienstleistungen – in ausreichender Menge, zu marktfähigen Preisen und mit der gewünschten Qualität.‹ Der Verband sieht darin auch die ethische Dimension der Wirtschaft.«

»Hast Du keine neutralere Quelle gefunden als die Aussage einer Lobby-Einrichtung? Du sprichst vom Ziel des Wirtschaftens – und der Arbeitgeberverband vom Ziel der Wirtschaft. Hier fängt das Missverständnis doch schon an.«

»Ähnlich drückt sich Amartya Sen, Nobelpreisträger, aus. Er spricht davon, dass das Wirtschaften für den Menschen zu erfolgen hat. Die Aussage klingt sehr ähnlich, vertritt aber einen völlig anderen Ansatz. Der Arbeitgeberverband fährt im nächsten Schritt mit den Rechten und Pflichten der Unternehmung fort. Die Fragen nach Abhängigkeiten und Prioritäten bei der Versorgung werden erst gar nicht angeschnitten. Die mit einschlägigen Themen befassten Philosophen entwickeln eine ganze Reihe von wichtigen Ergänzungen und klärenden Ausformulierungen des Ziels.«

»Genau betrachtet, ist die Aussage des Arbeitgeberverbandes absolut einseitig. Er fühlt sich nur verantwortlich für die Seite des Geschäftes, die Gewinn verspricht. So erfasst der Verband ausschließlich die Bereitstellung von Gütern und Dienstleistungen zu marktkonformen Preisen (also guten Umsätzen) und zu einer den

Preisen entsprechenden Qualität. Das ist aber nur die Umsatzseite des Wirtschaftens. Ein Verkauf ist ohne den Einsatz von Personal, Material und Infrastruktur (Know-how, Logistik, Verwaltung, etc.) nicht denkbar. Die Faktoreinsatzseite, bei der es sich aus der Sicht des Produzenten meist nur um ›Kosten‹ handelt, fällt aus dieser Betrachtung des Wirtschaftens heraus. Aber ›Wirtschaft‹ ist doch nicht nur ›Verkaufen‹. Wirtschaften ist ein wesentlicher Teil unseres Gemeinwesens. Es wollen doch nicht nur die ›Unternehmer‹ Erfolg haben. Auch die vielen anderen, die die Mehrheit unserer Mitbürger darstellen, müssen sich in dem definierten Ziel und Zweck des Wirtschaftens wiederfinden können.«

»Wirtschaften hat immer mindestens zwei Seiten: Bereitstellen und Konsumieren. Wenn die Unternehmer primär als jene verstanden werden, die bereitstellen, so umfasst ›Wirtschaften‹ doch auch den Verbrauch dieser Güter. Dazu müssen Konsumenten (im In- und Ausland) existieren, die über ihren persönlichen Faktoreinsatz die notwendigen Mittel verdienen, um sich die Produkte auch leisten zu können und zu wollen.«

»Es hätte mich schon gewundert, wenn Du mit Gedanken einer Lobby-Einrichtung wie der des Arbeitgeberverbandes kritiklos übereinstimmst. Aber – eines lässt sich doch festhalten: Der Versorgungsgedanke der Wirtschaft wird auch dort anerkannt.«

»Aber dann hört es auch schon auf. Das ist das Perfide solcher Lobby-Einrichtungen. Sie produzieren recht griffige Gedanken und führen unterschwellig scheinbar einfache Zusammenhänge ein, die auf den ersten Blick zu überzeugen scheinen. Ihre Hintergedanken sind meist sehr versteckt. Man muss sich angewöhnen, bei Aussagen von Lobby-Einrichtungen grundsätzlich die Alarmglocken schrillen zu lassen. Sie müssen mit der Erwartung verbunden werden, dass hochgradig einseitige Interessen unter dem Mäntelchen harmlos glatter Formulierungen versteckt werden. Da diese kritische Haltung einige Übung erfordert, sind die Lobby-Einrichtungen regelmäßig in der Lage, die Mehrzahl ihrer Leser zu blenden und nachhaltig zu beeindrucken.«

»Aber lass' uns in der Sache weitermachen: Die ethische Dimension des erweiterten Verständnisses des Wirtschaftens für die Menschen umfasst mindestens drei, wenn nicht vier Gesichtspunkte, die der Arbeitgeberverband mit keinem Wort erwähnt. Es handelt sich um ›Würde‹, ›Nachhaltigkeit‹ und ›Vertrauen‹. Als Ergebnis der letzten Krise wird als vierter Punkt in jüngerer Zeit auch eine ›Rückbindung des Geldes‹ an die Realwirtschaft gefordert.«

»Es ist schon ein deutlicher Unterschied, ob man sich als ethische Dimension auf die Menge, den Preis und die Qualität von Gütern und Dienstleistungen beschränkt. Der Verband bewegt sich strikt im engen Denkschema der Ökonomie mit Produzenten und Verbrauchern. Ein deutlich umfassenderer Anspruch der Versorgung von Menschen wird unter Einbeziehung von Würde, Nachhaltigkeit, Vertrauen und Rückbindung des Geldes formuliert. Diese Ansprüche werden von außerhalb, also aus der Gesellschaft, an das System der Ökonomie als solches gerichtet und verlangen von den Vertretern der Ökonomie, ganzheitlicher zu denken. Menge und Preis als das klassische Ergebnis einer Theorie des reinen Marktprozesses vermitteln eigentlich überhaupt keine ethischen Aspekte. Die Qualität ist dabei wesentlich als eine Funktion des Preises anzusehen. Auch hier ist wenig Spielraum für ethisch sinnvolle Überlegungen.«

»Wenn wir den Zweck der Wirtschaft nur in der Versorgung des Menschen mit Gütern und Dienstleistungen sehen, wird bewusst ausgeblendet, dass mit der Wirtschaft eng verzahnte Lebensentwürfe verbunden sind. Die oben angeführte Sichtweise vernachlässigt, dass Unternehmen nicht nur zum Geldscheffeln gegründet werden, sondern in der Mehrzahl, um Menschen neben Bedarfsdeckung und Bedürfnisbefriedigung auch Einkommen, Erfolg und Selbstbestätigung bereitzustellen. Diese Attribute sind doch nicht auf die Unternehmensführung oder auf die Eigentümer beschränkt. Die Perspektive des Verbandes ist deshalb einseitig und schief! Es kann nicht sein, dass wir uns darauf einlassen sollen, im Sinne des Shareholder Value-Gedankens primär die Unternehmenswerte für Investoren zu steigern. Die überwiegende Mehrzahl der Bürger will durch vernünftige und wirtschaftlich relevante Leistungen auf breiter Front von und mit der Wirtschaft leben. Nur dann, wenn die Wirtschaft als ein System ganz eigener Gesetzmäßigkeit bewusst neben der Gesellschaft definiert wird, lassen sich so skurrile und verkürzt aus dem Zusammenhang gerissene Feststellungen treffen, wie sie der BDA zur Diskussion stellt.«

»Umso wichtiger sind deshalb Forderungen nach Würde, Nachhaltigkeit, Vertrauen und Rückbindung des Geldes, die an das System herangetragen werden. Hierauf müssen die Vertreter des Systems eine angemessene Antwort finden! Dazu sind sie aber nicht bereit. Sie glauben, zu viele persönliche Vorteile zu verlieren
Mit den oben angeführten Begriffen und Fragestellungen werden Studenten der Volkswirtschaftslehre überhaupt nicht konfrontiert. Das ist sicherlich ein Indiz dafür, dass die Frage der Ethik in der Wirtschaftswissenschaft gegenwärtig überhaupt wenig Resonanz findet. Das sollte man als bedauerliches Defizit auffassen und auch so verstehen, denn wirtschaftliches Handeln kann nicht nur vorteilhaft sein. Und wenn dies dennoch postuliert wird, tut sich immer wieder die Frage auf: Vorteilhaft für wen? Leider hat die Eigendynamik der verhängnisvollen Metapher des Adam Smith von der ›unsichtbaren Hand‹, die allen schädlichen Egoismus zum Wohle der Gesellschaft wendet, ein ethisches Defizit entstehen lassen.«

»Warum sollte sich der Nationalökonom Gedanken über eine ethisch angemessene Handlungsweise machen, wenn er der dogmatisch festen Überzeugung ist, dass ›das Handeln von widerwärtigen Menschen aus widerwärtigen Motiven‹ (Keynes) immer zum Wohle des Ganzen führt. So irreal argumentieren normalerweise nur Einrichtungen, die sich im Besitz des allein selig machenden Wissens sehen. Die Volkswirtschaftslehre, die sich eigentlich als Wissenschaft versteht, sollte hier etwas vorsichtiger argumentieren.«

»Mit dem Stichwort der *Würde* ist die Forderung gemeint, wirtschaftliches Handeln so zu gestalten, dass jedem am Prozess beteiligten Menschen Achtung zuteil wird. Egal, ob es sich um den Kaffeepflücker in Kolumbien, die Näherin in Bangladesh oder den Bandarbeiter in China handelt. Wenn wirtschaftliches Handeln und Gewinnstreben diese Erwartung nicht erfüllen kann oder will, so wäre die Konsequenz, dass eine ethische Verantwortlichkeit gegenüber der Würde des Menschen in diesen Fällen von offizieller Seite verneint werden müsste – und das sollte eigentlich massive Gegenreaktionen auslösen.«

»Das ist ein Anspruch, der in den vergangenen Jahren so gut wie keine Berücksichtigung im wirtschaftlichen Handeln fand. Der durch Ausbeutung erzielbare Profit bestimmt die Priorität der meisten internationalen Handelsbeziehungen mit der dritten Welt – und nicht die Frage nach der Würde der Beteiligten.«

»Die Forderung zur *Nachhaltigkeit* dient dem Schutz all derer, die noch nicht geboren sind, und für die es somit auch ausgeschlossen ist, dass sie ihre Ansprüche formulieren können. Es geht um unsere kommenden Generationen. Die Idee der Nachhaltigkeit erhebt den Anspruch, den kommenden Generationen eine Welt zu übergeben, die noch lebenswert ist. Manchmal wird gefordert, sie so zu übergeben, wie wir sie vorgefunden haben. Ein hübscher Gedanke, aber das funktioniert leider in den meisten Fällen schon nicht mehr. Dazu ist die Zerstörung der natürlichen Grundlagen in vielen Teilen der Erde zu schnell zu weit fortgeschritten.«

»Nachhaltigkeit ist ein Begriff, der politisch sehr zerredet wird. Ich habe aber nicht den Eindruck, dass sich die Vertreter der Wirtschaft wirklich dafür interessieren. Hier wird unverändert und laut tönend dem kurzfristigen Erfolg gehuldigt.«

»Kurzfristiger Erfolg und Nachhaltigkeit sind Ziele, die sich beim besten Willen nicht vereinbaren lassen. Um eine längerfristige Perspektive in das Wirtschaftsleben einzupflanzen, bedarf es einer radikalen Veränderung der Anreizsysteme, die täglich den Handelnden im Hamsterrad des Wirtschaftslebens wie eine Karotte vorgehalten werden. Ob das schon zu einer Wende in Richtung von mehr Nachhaltigkeit reichen würde, bleibt abzuwarten.«

»Als dritter Begriff wird das *Vertrauen* angeführt. Man sagt gerne, dass das Kapital sei so flüchtig wie ein ›scheues Reh‹. Dieses Bild könnte sehr wohl auch für das Vertrauen gelten. Finanzielle Mittel sind der Ausdruck des klassisch verstandenen Kapitals, und Vertrauen ist ein mindestens gleich wichtiges, aber leider in der Wahrnehmung nicht gleichberechtigtes ›Kapital‹, das noch viel sensibler reagiert und schneller verspielt ist als monetäres Kapital. Es fällt auf, dass die ökonomische Theorie den offensichtlich wichtigen Begriff des ›Vertrauens‹ gar nicht kennt, weil sie vermutlich der Meinung ist, dass das Vertrauen einfach vorausgesetzt werden kann. Die definierten ›Charaktereigenschaften‹ des klassischen Modells vom wirtschaftenden Menschen als rationalem Autisten sehen einen solchen Gedanken nicht vor, obwohl die praktischen Effekte des Vertrauens nahezu ranggleich denen des Kapitals einzuschätzen sind.«

»Die wirtschaftliche Praxis ist doch ohne Vertrauen gar nicht denkbar. Es muss doch zwischen den Marktteilnehmern ein Mindestmaß an Vertrauen herrschen, sonst funktioniert kein Markt.«

»Selbstverständlich ist das so. Vertrauen lässt sich aber nicht im Konstrukt der wirtschaftlichen Rationalität abbilden. Ich führe es deshalb an, weil das Kapital unserem Wirtschaftssystem seinen Namen gegeben hat. Das System würde überhaupt nicht funktionieren, wenn nicht *in praxi* von den Beteiligten ein hoher Vertrauensvorschuss geleistet würde, der aber in der wissenschaftlichen Diskussion keine Anerkennung erfährt.«

»Die letzte Kategorie von Forderungen ist ein Kind der letzten Finanzkrise von 2008. Diese Krise hätte nicht stattgefunden, wenn wir unverändert *Geld an reale Prozesse* binden würden. Stattdessen wurde Geld zur Ware erklärt, die einen eigenen Markt eröffnen konnte. Er ist aufgrund seines virtuellen Charakters sehr volatil. Daraus wurde die Forderung formuliert, dass es keine Finanztransaktionen ohne einen konkreten Bezug zur realen Wirtschaft geben sollte.«

»Das nimmt den Banken aber die bisherige Chance, mit leichter Hand und hohem Risiko viel Gewinn zu machen. Wenn man die Boni und Tantiemen betrachtet, die in den letzten Jahren in Bankerkreisen bezahlt wurden, wird deutlich, wieviel Gewinn im Vergleich mit einem klassischen Kreditgeschäft in diesem Segment für Banken möglich war. Die Situation für die Banken ist bequem: Ihr finales Risiko tragen sie nicht selbst, sondern die Bürger. Eine konsequente Lösung wären höhere Eigenkapitalquoten, das heißt: Die Banken müssten sich nicht nur mit drei Prozent Eigenkapital ausstatten, sonder müssten ebenso wie z.B. Dax-Unternehmen eine Quote von etwa 35 Prozent aufweisen. Dann wäre die vielfach nicht richtig verstandene Forderung von Josef Ackermann nach 25 Prozent Eigenkapitalrendite vom Tisch. Diese Forderung kann man nur stellen, wenn man eben nur lächerliche drei Prozent Eigenkapital aufweist. Die hohen Boni und Tantiemen in Abhängigkeit von der Eigenkapitalquote wären natürlich auch nicht mehr zu erreichen.

»Wir müssen uns darüber im klaren sein, dass ein Unterbinden solch hochrentierlicher und hochriskanter Geschäfte dem Köpfen eines Huhns gleichkommt, das goldene Eier legt. Entsprechend heftig ist der Widerspruch aus den Kreisen der Banken. ›Heftig‹ ist dabei ein sehr schwaches Wort. Die Lobbyisten wetzen schon die Messer, um unseren politischen Vertretern klar zu machen, was alles nicht geht. Und es werden wieder alle Register verdummender Argumente gezogen. Solange es bei Argumenten bleiben würde, wäre der Kampf nicht verloren. Aber die Erpressung (Arbeitsplätze, Internationalität u.a.) und die Korruption (›Wenn ihr hier nachgebt, unterstützen wir Euch dort‹) sind dann oft handfestere Argumente.«

»Wir haben jetzt bestimmt, was Wirtschaft(en) sein kann oder sein sollte. Wir haben weiter präzisiert, was es für Konsequenzen haben sollte, und es wird klar, warum der Verband der Arbeitgeber derartige Überlegungen nicht unbedingt unterstützt. Nach unserem Verständnis ist das Wirtschaften eine Maßnahme, die dem Menschen dienen soll. Nach der anderen Auffassung soll der Mensch der

Wirtschaft dienen, das heißt: sich ihr unterordnen. Wir müssen mit Bedauern feststellen, dass viele der Forderungen seit langem in der Diskussion sind. Von einer Umsetzung kann kaum gesprochen werden.«

»Wir kommen von der Versorgung der Menschen als weitgehend und allseitig akzeptiertem Ziel des Wirtschaftens zur Frage: ›Über welche systemischen Voraussetzungen soll die Versorgung der Menschen eigentlich stattfinden?‹«

»Der Arbeitgeberverband, der sofort im nächsten Schritt die (privaten) Unternehmen in der Pflicht sieht, setzt das bestehende System voraus. Wir wollen die Frage nach dem ›Wie‹, die Frage nach den systemischen Grundlagen, ein wenig breiter angehen.«

Eigentum als Voraussetzung

»Wirtschaften, so wie wir es heute verstehen, setzt unvermeidlich Eigentum voraus, weil jede Verfügung, die der Mensch über eine Sache trifft, gegenwärtig nur dann legal ist, wenn die Sache ihm rechtmäßig zusteht.«

»Das Recht auf Eigentum hat aber viele Facetten. Mit dem Eigentum ist wirtschaftlich insbesondere das Recht verbunden, andere von der Nutzung auszuschließen. Wenn das nicht gelingt, ist Eigentum wirtschaftlich eher uninteressant.«

»Gibt es nur Privateigentum? Man könnte den Eindruck gewinnen. Oder gibt es noch andere Formen des Eigentums?«

»Es gibt Eigentum, das uns allen zusteht: Luft oder Wasser. Wir können niemanden davon ausschließen. Alle können im Falle der Luft dieses Gut so lange kostenlos nutzen und leider auch verpesten, bis der Gesellschaft diese kostenlose Verwendung suspekt erscheint und sie hinsichtlich der Verpestung Abgaben verlangt und Auflagen erteilt. Luft wird dann plötzlich zu einem Gut, über das zwar nicht individuell verfügt werden kann, dessen Nutzung/ Vernutzung aber Geld kostet.
Neben dem Privateigentum, das als Voraussetzung für eine individuell bestimmte Verwendung eines Gutes im Rahmen des Marktes gilt, gibt es noch öffentliches Eigentum oder Staatseigentum, dessen Verwaltung der Kontrolle der öffentlichen Stellen übertragen ist. Hiermit aber enden in der Regel die meisten grundsätzlichen Eigentums-Kategorisierungen.«

»Ist damit alles über das Eigentum und seine Charakteristika gesagt? Ich habe erst vor kurzem über so genanntes ›Gemeineigentum‹ gelesen. Hast Du das in der Kategorisierung berücksichtigt, und unter welche Kategorie würde diese Form des Eigentums fallen?«

»Wir haben uns bis hierher mit dem individuellen Eigentum befasst. Gemeineigentum ist Eigentum eines Kollektivs, das das Eigentumsrecht auch gemeinsam nutzt. Es ist eine Bewirtschaftungsform, bei der das Eigentum nach unseren Vorstellungen einer Mehrzahl von Individuen gemeinsam zusteht, die auch das Gut in der Regel gemeinsam nutzen.

Unter der Voraussetzung der Hypothese eines strikten individuellen Maximierung des Eigennutzes gibt es ein berühmtes theoretisches Beispiel unter dem Namen ›Tragik der Allmende‹, was deutlich machen will, dass diese Form der gemeinsamen Nutzung automatisch und generell zu einer Übernutzung und damit einer Zerstörung der Allmende (anderer Name für Gemeingut) führt. So sieht es die ökonomische Theorie. Es gibt aber in der weltweiten Praxis eine Vielzahl von Beispielen, mit denen belegt werden kann, dass dieser Ansatz zur Nutzung von Gemeineigentum sehr wohl erfolgreich funktioniert und dass die gern verwendete Hypothese vom Eigennutz nicht zwangsläufig richtig ist. Der Mensch ist mehr als nur ein individueller Nutzenmaximierer. Er ist auch ein auf Kooperation angelegtes soziales Wesen. Die Sprache hat uns weite Bereiche der Kooperation und der Kommunikation eröffnet, Eigenschaften, die der strikte Eigennutzgedanke nicht kennt.«

»Gibt es gegenwärtig Gemeingüter?«

Ja, viele Dörfer unterhalten noch Allmenden, das sind bestimmte Flächen, die von allen Landwirten des Dorfes unentgeltlich zum Beispiel zur Beweidung genutzt werden dürfen. Aber im großen Stil sind mir gegenwärtig in Deutschland keine Gemeingüter bekannt. Gemeingüter entstehen entweder dadurch, dass sich Individualeigentümer über die gemeinsame Nutzung ihres Eigentums einigen – oder ein Gut, dessen Existenz bisher als selbstverständlich angesehen ist, wird zum Gemeingut erhoben, wenn Interesse dafür vorliegt. Es gibt eine ernstzunehmende Gruppe um Elinor Ostrom, Nobelpreisträgerein, die bemüht ist, die Idee der Gemeingüter zu propagieren. Viele unserer Umweltprobleme ließen sich besser und anders lösen, wenn dieses Konzept im großen Umfang Anhänger fände. Es würde unserem bisherigen Eigentumsbegriff nicht zuwider laufen, sondern erweitern. Wichtig ist aber die Erkenntnis, dass sich die Nutzung von Gemeingütern nicht von selbst regelt. Dieses Konzept setzt bewusst auf Kooperation und damit auf Kommunikation. Das sind Eigenschaften, die dieses Konzept von der herkömmlichen theoretischen Ökonomie deutlich und grundsätzlich unterscheiden.«

»Wir sprechen gerne pauschal über den Kapitalismus als eine bestimmte Wirtschaftsform. Wenn ich mich in Europa umschaue, so stelle ich aber fest: Den Bilderbuch-Kapitalismus gibt es überhaupt nicht.«

»Es gibt zahllose Systeme, die im wesentlichen kapitalistischen Regeln folgen. Es gibt Systeme, in denen der Staat riesige Vermögen verwaltet und dabei wie ein Marktteilnehmer auftritt. Es gibt Systeme, in denen die Grundstoffindustrie in öffentlichem Eigentum steht. Die Vertreter anderer Systeme sind der Auffassung, dass der nicht vermehrbare Grund und Boden nicht in die Hände der Privateigentümer gehört. Grund und Boden sind unter diesem Gesichtspunkt öffentliches Eigentum. Eine Nutzung erfolgt nur auf Zeit über eine dem Erbbaurecht vergleichbare Rechtskonstruktion. Es gibt auf der anderen Seite des Spektrums die radikale Lehre, die davon ausgeht, dass nahezu alles den Gesetzen des Marktes unterworfen werden soll. Hierzu muss möglichst alles Vermögen individuellen Eigentümern übertragen oder verkauft werden – öffentliches Eigentum oder gar Gemeineigentum gelten als Systembruch, den es auszumerzen gilt, weil der Eigennutz dort seine angeblich ›segensreichen‹ Attribute nicht entfalten könne. Alle diese Systeme agieren grundsätzlich kapitalistisch. Also sollte man sich von einem rein kapitalistischen Theorieanspruch trennen. Die Realität ist deutlich vielfältiger, und es ist insbesondere nicht erwiesen, dass die einzelnen Systeme deshalb weniger erfolgreich sein müssen. Der so genannte Erfolg in solchen Vergleichen hat in der Regel viele Väter und ist immer auch eine Funktion des Maßstabs.«

»Was meinst Du damit?«

»Ein einfaches Beispiel aus Wilkinson und Pickett: Die USA verfügen über eines der höchsten Bruttosozialprodukte pro Kopf und gelten nach dieser Sichtweise als die Nummer eins in der Welt. Nimmt man einen anderen Maßstab, der auch sogenannte gesellschaftliche Fehlentwicklungen berücksichtigt und dokumentiert, so fallen die USA in dem Panel der 25 untersuchten entwickelten Staaten auf den letzten Platz. Mit anderen Worten: Wir sind viel zu sehr auf unseren ausschließlich wirtschaftlichen Erfolg fixiert, und in diesem Rausch übersehen wir wichtige Indikatoren, die die Versorgung und die Qualität des gesellschaftlichen Zusammenlebens der Menschen mehr bestimmen als das Bruttoinlandsprodukt.«

»Kommen wir aber nochmals zurück zu den Ansprüchen, die wir eingangs formuliert haben – Würde, Nachhaltigkeit, Vertrauen und regulierter Finanzmarkt. Diesen Zielen sind wir – nach meinem Eindruck – in den letzten Jahren bestimmt nicht näher gekommen. Wir können in den folgenden Abschnitten Schritt für Schritt vergleichen und urteilen, ob unsere Gesellschaften, die vernünftigerweise die hehren Zielen anstreben sollten, hier überhaupt den Versuch zu einer Verbesserung unternehmen.«

Die unsichtbare Hand

»Was hat es eigentlich mit der ›unsichtbaren Hand‹ auf sich? Man hört immer wieder, dass der Markt alle Fehlentwicklungen ausgleicht und sie zum Besten der Gesellschaft wendet, wenn man ihn nur gewähren lässt. Stimmt das – oder ist das eine neue Glaubenslehre mit einem Gott des Marktes, der alles zum Besten der Menschen steuern soll?«

»Manchmal kann ich nicht umhin, die Aussagen, die in diesem Zusammenhang gemacht werden, im Sinne eines ›Katechismus‹ eines neuen Glaubens zu interpretieren. Es ist erschreckend, wie insbesondere die Aussage zu ›unsichtbaren Hand‹ Verwirrung stiftet.«

»Gibt es da eine Basis, die nachweislich richtig ist?«

»Ja und Nein; es gibt Untersuchungen, die gewisse Teilaspekte unter sehr engen Annahmen durchaus bestätigen, aber es gibt keinen Nachweis, dass die Aussage so allgemein, wie sie die Metapher macht, überhaupt zutreffen kann.«

»Kannst Du das mal ein bisschen mehr ausführen?«

»Die Aussage von Adam Smith zur ›unsichtbaren Hand‹ vor über 250 Jahren verwirrt die Köpfe noch heute. Keynes hat sich in den dreißiger Jahren des letzten Jahrhunderts schon gewundert, warum das Handeln von ›widerwärtigen Menschen aus widerwärtigen Motiven‹ zum Wohle der Gesellschaft dienen soll.
Die Aussage von Adam Smith ist keine seiner zentralen Thesen, sie wird eher beiläufig als Metapher aufgeführt und ist laut einer Recherche im Internet in seinem Werk *Wohlstand der Nationen* nur *einmal* enthalten. Diese beiläufige Äußerung des Herrn Smith, die in einem ganz losen Zusammenhang zu anderen sehr differenzierten Aussagen steht, hat sich aber selbständig gemacht und hat dabei eine Bedeutung erlangt, die den differenzierten Analysen von Adam Smith in keiner Weise gerecht wird.«

»Was bedeutet die Aussage in der heutigen Zeit?«

»Heute wird der Satz schlicht so gedeutet, dass man sich in einer wirtschaftlichen Umgebung rücksichtslos egoistisch verhalten kann – und trotzdem würde im Rahmen des Marktes dafür gesorgt, dass sich die Wirkungen dieses Handelns zum Besten der Gesellschaft verwandeln. Das ist in erster Linie ein Glaubenssatz! Das macht es so schwer, diese Aussage ins Reich der Märchen zu katapultieren.«

»Starker Tobak! Und das glauben die Herren des Geldes?«

»Die Aussage ist enorm bequem. Jedes Verhaltensdefizit lässt sich damit entschuldigen. Der Markt macht dann aus einem Charakterschwein im täglichen Leben einen Engel des Wohlstands für die Gesellschaft. Das nimmt erheblichen psychologischen Druck von allen jenen, die mit dem Verhalten eines Charakterschweins liebäugeln, die Karriere auf Kosten anderer machen wollen, die ihre Seele zumindest ein Stück weit auf dem Altar des kurzfristigen wirtschaftlichen Erfolgs opfern wollen oder müssen. Es ist ein angenehmes Ruhekissen, wenn man weiß, dass das Verhalten zwar menschlich fragwürdig ist, aber angeblich Beiträge zum Wohl aller erbringt. Also ist man doch eher ein tragischer Held und kein Charakterschwein.«

»Kann man verstehen.«

»Wir bewegen uns mit der Aussage auf keiner wissenschaftlich präzisen Ebene. Denn dort würde es reichen, einen hinreichend sicheren Fall zu beschreiben, bei dem die ›unsichtbare Hand‹ dummerweise nicht zugegriffen hat, und das Problem wäre seitens der Wissenschaft vom Tisch. Leider ist die Aussage weder wissenschaftlich noch wird sie im wissenschaftlichen Raume in der Regel so diskutiert. Die Aussage ist wie ein Virus, das versehentlich dem Labor entwichen ist und das sich in den Hirnen der Politiker und Praktiker festgesetzt hat. Es ist eigentlich nicht mehr auszurotten, eben weil ihm die moralische Entlastung innewohnt. Sie stellt das 2.500 Jahre alte moralische Bemühen der Menschen in Frage, den als dysfunktional erkannten Egoismus zurückzudrängen und zu kanalisieren.«

»Kann man die Aussage wirklich nicht angreifen?«

»Es gibt täglich Beispiele, mit denen demonstriert werden kann, dass die ›unsichtbare Hand‹ hier wohl nicht gewirkt hat. Die Antwort der ›Gläubigen‹ ist dann, dass das Wirken der ›unsichtbaren Hand‹ doch keinesfalls im Einzelfall festgestellt werden könne. Erst in der Gesamtheit aller wirtschaftlichen Aktivitäten schlage sich der wahre Effekt nieder. In der Gesamtheit aber gehen alle Einzelbeobachtungen von Aktivitäten unter. Die Frage, ob alles zum Wohle Aller gereicht hat, kann somit gar nicht beantwortet werden. Mit anderen Worten: Die Aussage ist eine Aussage, die weder an der Realität noch in sich selbst geprüft oder untersucht werden kann. Ebenso fehlt ein realistischer Nachweis, dass der ›Voodoo-Zauber‹ auch in der Wirklichkeit funktioniert.«

»Die einzig tatsächliche Kontrollinstanz für die Aussage ist letztlich die bittere gesamtwirtschaftliche Realität. Wenn im Jahr 2008 ein weitgehend deregulierter und angeblich ›effizienter‹ Finanzmarkt so aus dem Ruder läuft, dass er das gesamte westliche Wirtschaftssystem vor die Wand laufen lässt, fragt man sich, was eigentlich noch passieren muss, damit auch der letzte Gläubige verstanden hat: Die ›unsichtbare Hand‹ und ihre Wohltaten gibt es nicht! Der Markt richtet nichts, was nicht durch sinnvolle, aber strikte Regulierung ihm auferlegt wird. Dabei gibt es noch genügend andere Fehlerquellen. Aber diese Fehler werden dann von Menschen gemacht! Ihnen fehlt für alle erkennbar die göttliche ›Allmacht‹ des Marktes.

Der *homo oeconomicus*

»Lass' uns mal mit einem Begriff fortfahren, der mir als Freizeitökonom ziemliche Schwierigkeiten bereitet. Was ist der *homo oeconomicus*?«

»Da bist Du mitten im ökonomischen Leben, und zwar auf der theoretischen Seite der Ökonomie. Der *homo oeconomicus* ist ein Modell, das die ökonomische Forschung vor etwa 200 Jahren ins Leben gerufen hat. Wenn mich meine Erinnerung nicht täuscht, so hat John Stuart Mill diesen Begriff erstmals verwendet und beschrieben. Heute ist dieses Modell heftig umstritten, weil nicht klar ist: Soll es eine Beschreibung von realem Verhalten sein? Oder ist es ein formales Konstrukt, dessen Bezug zur Realität nur insoweit besteht, als Vertreter der Ökonomie erwarten, dass der ökonomisch handelnde Mensch seine Entscheidungen an diesem Modell ausrichtet? Hier würde ich eine stark normative Komponente erkennen wollen.«

»Ganz kurz und einfach: Was macht den Inhalt dieses Modells aus?«

»Das Modell repräsentiert einen gedachten Menschen, der nur ökonomisch rationale Entscheidungen trifft bzw. treffen kann. Rational im Sinne der Ökonomie ist jede Entscheidung, bei der das Ziel mit dem geringstmöglichen Einsatz von Faktoren erreicht wird. Effizienz ist ein ganz wichtiger Begriff. Der Modell-Mensch kennt keine Ablenkung, er ist ausschließlich auf seinen kurzfristigen individuellen Vorteil programmiert. Kurzfristig heißt in diesem Zusammenhang auch: Er ist nicht in der Lage, heute auf Vorteile zu verzichten, selbst wenn er längerfristig daraus Nutzen erzielen könnte. Als individuell ausgeprägter Egoist kann er nicht kooperieren; es würde seine Voraussetzungen sprengen. Neben einigen Annahmen (wie vollständige Information, einfache und strikt ökonomische Entscheidungsregeln) wird er aufgrund seines komplett fehlenden Sozialverhaltens am besten als ausgeprägter Egoist beschrieben. Man kann ihn auch mit einem Autisten vergleichen. Autisten zeichnen sich dadurch aus, dass sie eine sehr schmale sachbezogene Extrembegabung aufweisen, während sie kein oder nur ein sehr stark reduziertes Sozialverhalten an den Tag legen. Ein Autist gilt als ›krank‹. Mit anderen Worten, er ist ein bedauernswerter Zeitgenosse.«

»Da bin ich mir nicht so sicher. Was ich über den *homo oeconomicus* gehört habe, klingt nicht sehr theoretisch. Mein Eindruck ist, dass dieses Modell sehr konkrete ökonomische Auswirkungen hat, die mit der von Dir dargestellten Theorie nur am Rande zu tun haben.«

»Da muss ich Dir leider Recht geben. Ich wäre später darauf eingegangen, weil ich der Auffassung bin, dass das Modell, das im ›ökonomischen Labor‹ wenig Schaden anrichten kann, diesen Elfenbeinturm verlassen hat, um in die reale Ökonomie Einzug zu halten. War das Modell im ›Labor‹ noch differenziert, so verhält es sich mit seinem Sprung in die Realität wie ein gefährliches Virus, das mit dem Verlassen der Laborumgebung mutiert. Im Falle des Modells bedeutet es, dass die Voraussetzungen des Modells und seine zum Teil erheblichen Einschränkungen für eine sinnvolle und aussagefähige Anwendung ignoriert oder gar unterdrückt werden und nur der elementare Mechanismus der ökonomischen Rationalität übernommen wird bzw. sich verselbständigt hat. Über die Folgen einer Reduzierung des Menschen auf ein solches Verhalten macht man sich nicht viele Gedanken. Wir sind uns wahrscheinlich einig, dass ein Mensch, der die Eigenschaften des *homo oeconomicus* annimmt, ein ekelhafter Vertreter unserer Spezies ist. Ihm fehlen neben der sozialen Kompetenz und Intelligenz auch jegliche moralischen Maßstäbe. Der einzige Maßstab, den dieser Homunkulus kennt, ist sein individueller Vorteil. John Maynard Keynes beschreibt ihn als ›widerwärtig‹. Ich bin mir nicht sicher, ob dieses Modell ökonomischen Verhaltens nicht auch Betrug und schlimmere Straftaten unbeeindruckt zulassen würde, wenn ein solches Verhalten aus der ökonomisch egoistischen Rationalität der Dinge zu rechtfertigen wäre.«

»So wie Du ihn darstellst, hat der ›Kerl‹ ja kriminelle Energien. Wie kann das sein, dass sich die Ökonomie mit solchen Figuren abgibt?«

»Das ist ziemlich einfach zu erklären. Das Modell beschreibt ja nicht einen kompletten realen Menschen, sondern abstrahiert bzw. reduziert den handelnden Menschen auf einen schmalen Teilaspekt seiner Persönlichkeit. Das Modell blendet alle anderen Eigenschaften aus, die uns als Menschen auszeichnen. Deshalb meine ich, dass es so wichtig ist, dass dieses Modell im Elfenbeinturm der Wissenschaften bleiben sollte, denn wenn dieser auf seinen Egoismus reduzierte ›Kerl‹ auf die richtige Welt stößt, kann das nicht gut gehen, weil wir uns seit über 2.500 Jahren bemühen, unseren Egoismus – oder, zahmer ausgedrückt, unseren Eigennutz – zu zügeln. Damit stehen die Tugenden der alten Griechen einem entarteten Eigennutz gegenüber, der von sich behauptet, er könne erfolgreich Ökonomie betreiben.«

»Müssten wir nicht erwarten können, dass die ökonomischen Aussagen auf den realen Menschen bezogen und nicht nur auf den fragwürdigen Teilaspekt des Eigennutzes reduziert werden?«

»Klar, diese Erwartung haben wir alle. Aber die Ökonomie grenzt ihre Stellung in der Gesellschaft so ab, dass es derartig irreale Situationen geben kann. Gegenstand ihres Untersuchungsfeldes ist nicht die Gesellschaft, sondern ein kleiner Ausschnitt davon, der dann isoliert wird, um ihn leichter analysieren zu können. Gleichzeitig kann man feststellen, dass das Umfeld, in dem Ökonomie stattfinden soll, natürlich erheblich durch Faktoren gekennzeichnet ist, die die Ökonomie gar nicht darstellen kann, die für ein Funktionieren der Ökonomie aber Voraussetzung sind.«

»Habe ich das richtig verstanden? Um Ökonomie zu betreiben, braucht es ein Umfeld, in dem Kooperation, Vertrauen, Respekt und Loyalität nicht nur möglich sind, sondern auch praktiziert werden. Aber wenn ich Dich richtig verstanden habe, sind diese Eigenschaften nicht Teil des *homo oeconomicus*. Er bräuchte sie realiter, um real Geschäfte anzubahnen und zu entwickeln, aber entsprechend theoretischer Definition kann er diese Eigenschaften überhaupt nicht entwickeln.«

»Richtig, er ist ja Autist, im herkömmlichen Sinne also krank. Seine ›Begabung‹ ist auf die ökonomisch rationale Entscheidung reduziert. Aber was soll er denn entscheiden, wenn das Geschäft nicht nur aus einer Entscheidung besteht, sondern eine Vielzahl von Maßnahmen erfordert und voraussetzt, die er gar nicht zu leisten in der Lage ist? Er kommt unter realen Umständen gar nicht dazu, seine ›Stärken‹ auszuspielen. Kritiker des Modells wie Nida-Rümelin stellen deshalb fest, dass das Modell Bedingungen voraussetzt, die die Ökonomie gar nicht schaffen kann, weil sie außerhalb ihres Selbstverständnisses liegen.«

»Lass uns nochmals auf die ethische oder moralische Komponente zurückkommen. Ist es richtig, dass das Modell keine Ethik zulässt?«

»Das Modell lässt selbstverständlich eine Ethik zu: es ist die Ethik des individualisierten Egoisten. Dass diese Ethik Grundlage einer Gesellschaft sein sollte oder könnte, ist schwer vorstellbar, aber diese Frage ist nicht ökonomisch, und deshalb wird sie auch von den Ökonomen nicht beantwortet. Wenn ein Ökonom sich trotzdem dazu äußert, so verlässt er die Ökonomie und befasst sich mit Philosophie oder Soziologie. Ob er auf diesem Felde kompetent ist, bleibt offen.«

»Mit anderen Worten: Die Ökonomie kümmert sich nicht um ihre ›Nebenwirkungen‹. Ökonomie strahlt doch mit allem, was sie tut, in die Gesellschaft aus und verändert sie. Sie ist, so gesehen, viel wirkmächtiger als die Naturwissenschaft. Ich habe gelesen, dass die Ökonomie darum bemüht ist, ihren ›Gesetzen‹ oder unterstellten Regelmäßigkeiten eine ähnliche Qualität wie in den Naturwissenshaften zu geben.«

»Das habe ich auch verschiedentlich gehört und gelesen. Aber das ist mir nicht nachvollziehbar und zwar aus folgenden Gründen: Man kann eine Hierarchie der Ereignisse aufstellen. An der Spitze der Hierarchie steht das, was wir mit dem Begriff der ›Natur‹ beschreiben. Die Natur existiert auch ohne Menschen, der Mensch aber ist ohne die Natur nicht denkbar. Ähnlich verhält es sich mit der Ökonomie. Ohne Menschen ist Ökonomie nicht vorstellbar. Keine Menschen – keine Ökonomie! Durch diese einfache Kaskade von Abhängigkeiten wird meines Erachtens deutlich, dass sich die Grundlagen der Naturwissenschaften und jene der Ökonomie grundsätzlich unterscheiden. Natur war schon immer. Der Mensch geht als Produkt der Evolution aus der Natur hervor. Der Mensch entwickelt das, was wir als Ökonomie betreiben und was zwischenzeitlich auch tief in die naturgegebenen Grundlagen eingreift, aber die naturgesetzlichen Zusammenhänge stehen deshalb nicht zur Disposition.«

»Wenn Du mit Deiner Taxonomie Recht hast, so bedeutet das, dass der Mensch die überzeitlichen Naturgesetze dank seines Verstandes zwar entdecken, aber keinesfalls ändern kann. Auf dem Felde der Ökonomie käme dann dem Menschen eine ähnliche Funktion zu wie der Natur auf einer höheren Ebene. Die Natur hat, soweit wir das erkennen können, kein Ziel und keinen Willen. Der Mensch jedoch zeichnet sich vielleicht nicht immer durch besondere Zielstrebigkeit aus, aber ganz sicher durch einen Willen zu Macht und Einfluss – und sei es nur, um seine jeweilige Lage zu verbessern.«

»Die Regeln der Natur kann er nicht verändern, aber sehr wohl die Regeln für sein selbst geschaffenes System ›Ökonomie‹. Wenn der Mensch aber auf einer nachgeordneten Ebene die Rolle der Natur übernimmt, kommt mit dem Menschen ein ›Wille zur Macht‹ zum Ausdruck, der sich zwar über die naturgegebenen Grenzen nicht hinwegsetzen, der aber innerhalb dieser Regeln seinen Eigennutz ausleben kann. Deshalb lösen Veränderungen am System immer wieder heftige Reaktionen aus, weil sie direkt die bestehenden Machtverhältnisse berühren.«

»Wenn wir jetzt unterstellen, dass der *homo oeconomicus* seinen Siegeszug in der Menschheit fortsetzt, was für eine Gesellschaft werden wir dann haben?«

»Nida-Rümelin hat über dieses Konstrukt ein vernichtendes Urteil gefällt. Er kommt zu der Auffassung, dass das Modell – über den Tellerrand der Ökonomie hinausgedacht – zu einer inhumanen Gesellschaft führt. Diese Sorge hatten auch schon die Altvorderen Mitte des 18. Jahrhunderts, die sich mit den Auswirkungen des erkannten Eigennutzes philosophisch befassten und der Meinung waren, dass dieser Eigennutz ein gesellschaftliches Regulativ benötigt. Das Ergebnis war zur damaligen Zeit die Institutionenlehre. Man hat versucht, über Institutionen die erwarteten negativen Folgen des Eigennutzes zu überwachen oder zu kontrollieren. Die Entdecker des Eigennutzes als treibendes Element menschlichen Verhaltens haben damit das Kernproblem dieses Verhaltens sehr wohl erkannt. Aber, wie Nida-Rümelin glaubhaft demonstriert, würden die vorgeschlagenen Maßnahmen wohl in einen totalitären Überwachungsstaat enden.«

Die Alternative

»Es ist nun nicht so, als ob es zu diesem Modell des verkürzten Menschen keine Alternative gäbe. Merkwürdigerweise haben sich aber die alternativen Modelle zumindest in der Volkswirtschaft nicht durchgesetzt.«

»Was unterscheidet denn nun die beiden Ansätze?«

»Es wird beim *homo oeconomicus* unterstellt, dass er immer alle relevanten Alternativen seiner Entscheidung kennt. Er kennt sie nicht nur – er kann sie auch alle bewerten, um dann auf der Grundlage der wirtschaftlichen Rationalität die einzig richtige Auswahl zu treffen. Das kann an sehr einfachen Entscheidungssituationen auch relativ eindrucksvoll demonstriert werden.«

»Das andere Modell geht davon aus, dass der Mensch in realen Entscheidungssituationen sehr rasch an seine kognitiven Verarbeitungsgrenzen stößt. Zum einen steigt mit zunehmender Komplexität der Situation exponentiell die Zahl der zu bewertenden Alternativen, zum anderen wird es immer schwieriger, eine eineindeutige Bewertung der Elemente seiner Entscheidung sicherzustellen. Letztlich geht es auch darum, eine Entscheidung in einer überschaubaren Zeit zu treffen. Man spricht deshalb davon, dass der Mensch mit seiner Informationsverarbeitungskapazität durch einen Anspruch auf rationale Entscheidung völlig überfordert ist. Menschen verhalten sich eben nicht so, wie das Modell des *homo oeconomicus* es vorschreibt – nicht weil der Eigennutz nicht wirksam wäre, auch nicht, weil der Mensch nicht rational entscheiden wollte – nein, er muss schlicht passen, weil er in seiner Verarbeitungskapazität überfordert ist. Der *homo oeconomicus* bekommt die große Zahl der Einzeldaten nicht mehr auf die Reihe.«

»Dann entscheidet er aber trotzdem.«

»Richtig! Wenn wir nun unterstellen, dass er mit der Erkenntnis seiner Unzulänglichkeit sein Unvermögen nicht zugibt (was oft der

Fall sein dürfte), wird er aber trotzdem entscheiden. Er will das Problem auf die eine oder andere Weise lösen. Also trifft er Entscheidungen, aber sie sind nicht stringent rational. Er urteilt nämlich jetzt heuristisch (vereinfacht: aus seiner Erfahrung heraus). Seine Alternativen, die er einbezieht, sind zufällig, deren Bewertung überschlägig, und damit ist die endgültige Entscheidung im Sinne des *homo oeconomicus* auch nicht mehr rational. Selbst die Frage nach der konsequenten Anwendung eines individuellen Egoismus erscheint zweifelhaft, da die getroffene ›unvollkommene‹ Entscheidung viel mehr Erfahrung und damit Emotion im System zulässt.«

»Wo hast Du denn diese Erkenntnisse her?«

»Das Modell, das den Menschen nicht als rationale Entscheidungsmaschine charakterisiert, stammt aus der verhaltenswissenschaftlichen Betriebswirtschaftslehre der fünfziger Jahre des letzten Jahrhunderts und beschreibt ein Entscheidungsverhalten, das deutlich realistischer ist als das Verhalten, das der *homo oeconomicus* an den Tag legen soll und kann. Das neue Modell sperrt sich einer Mathematisierung. Es ist deutlich komplizierter, in seinem Rahmen eine mathematisch tragfähige Aussage zu erreichen. Das Modell verliert auch seine ein-eindeutigen Lösungen (eine präzise Frage – eine präzise Antwort). Es ist auch klar, dass dieses neue Modell vom Menschen die Frage entschärft, warum der schiere Egoismus in einer Handlung zu positiven Ergebnissen führen kann – weil der Mensch in der Realität seine eigene Nutzenmaximierung schlicht nicht durchhalten kann. Das realitätsnähere Modell erklärt auch, warum Werbung und Marketing auf den Menschen einen Einfluss haben können. An einem rationalen Autisten würde sich doch jede Form der Beeinflussung die Zähne ausbeißen.«

»Das wäre ein guter Ansatz, um den *homo oeconomicus* von seinem Thron zu pusten. Das würde auch eine Aussage erklären, die feststellt, dass die Volkswirtschaftslehre heute auf dem Stand der Soziologie von 1970 verharre. Was haben denn die Vertreter der Volkswirtschaftslehre in den letzten Jahren stattdessen gemacht?«

Die Alternative

»Man hat die Mathematisierung der Volkswirtschaftslehre vorangetrieben. Ein Lehrbuch der Volkswirtschaftslehre aus den fünfziger Jahren kommt noch zu 90 Prozent ohne eine mathematische Formel aus. Wenn man ein modernes Lehrbuch dagegenhält, dann sollte man schon Freude an der Mathematik haben. Nur – Mathematik ist eine formale Sprache, in der man erkannte Vorgänge gegebenenfalls beschreiben kann – aber volkswirtschaftliche Erkenntnisse über die Vorgänge selber kann die Mathematik nicht liefern.«

»Gibt es noch andere Ansätze?«

»Zahllose. Die Psychologie und Soziologie haben inzwischen Erkenntnisse darüber gewonnen, wie Menschen Preise bilden und wie stark sie hier jenseits aller Rationalität beeinflussbar sind. Folglich kann man mit Recht annehmen, dass die Preisgestaltung, wie sie laut Lehrbuch am Markt erfolgen soll, schlicht falsch interpretiert wird und dass die Preise durch den Hersteller oder Vermarkter viel stärker manipuliert werden können, als das die reine Marktlehre vermittelt. Je mehr die Grundlagen der Wirtschaft durch Soziologie und Psychologie in Frage gestellt werden, desto fragwürdiger wird natürlich auch der ganze mathematisch geprägte Überbau.«

Die Effizienzhpothese

»Der Kapitalismus soll ein besonders erfolgreiches Konzept sein, um effiziente Wirtschaftsprozesse zu gewährleisten. Kann das sein? Angesichts der gigantischen Verschwendung rundum ist mir das Effizienz-Konzept nicht so recht verständlich.«

»Ich kann das sehr gut nachvollziehen und habe auch meine Zweifel an der angemessenen Begrifflichkeit. Was ist Effizienz oder, einfacher ausgedrückt: Was ist Wirtschaftlichkeit?«

»Effizienz ist doch dann erreicht, wenn eine Maßnahme so durchgeführt wird, dass die gewünschte Wirkung mit dem geringstmöglichen Faktoreinsatz erreicht wird. Über diesen Faktoreinsatz, der eine eher technische Effizienz repräsentiert, legt die Ökonomie noch einmal wie ein Netz den Faktor Preis, um der technischen Effizienz auch eine ökonomische Perspektive zu vermitteln. Die Ökonomie kann die physikalischen Mengenverhältnisse nicht neu gestalten, aber von der Seite der Kosten her optimieren.«

»Der Wunsch eines Unternehmers, Produkte zu verkaufen, die mit dem geringstmöglichen Kosteneinsatz produziert werden, ist eine Folge des Preisdrucks, der auf ihm in einem funktionierenden Markt bzw. Wettbewerb in der Regel lastet. Die Differenz zwischen Gesamtaufwand und dem Erlös eines jeden Produktes ist jene Größe, die der Unternehmer ausweiten – manche sagen auch: maximieren – will.«

»Dabei kommt die Effizienzmaxime oder die ökonomische Rationalität unter den verschiedenen Rahmenbedingungen zum Tragen. Ohne dass man es ihm vorschreiben müsste, folgt der Unternehmer dem Effizienzkriterium, weil das für ihn erkennbare Vorteile bringt. Im Wettbewerb mit anderen Herstellern und Händlern um die Gunst des Verbrauchers schafft die Wahrung der Effizienz dem Unternehmer klare finanzielle Vorteile, solange er das Effizienzkriterium besser umsetzt als seine Wettbewerber.«

»Wenn wir den einzelnen Unternehmer richtig charakterisiert haben und annehmen können, jeder Unternehmer bemühe sich, das Ziel zu erreichen, dann müsste eigentlich das kapitalistische System insgesamt ein überaus effizientes System sein, mit anderen Worten: Auf der Stufe der Produktion und des Handels müsste das System so gut wie keine vermeidbaren Verluste bzw. keine nennenswerte Verschwendung aufweisen. Kann eine solche Aussage richtig sein? Wenn ja, unter welchen Bedingungen?«

»Hier müssen wir wohl verschiedene Fälle unterscheiden: Angenommen, der Markt dient als effizienter Verteilungsmechanismus dazu, ein wirkliches Bedürfnis der Verbraucher nach knappen Gütern zu befriedigen. Bei ›knappen‹ Gütern bewegen wir uns – wie der Name schon sagt – in einem primär durch die Nachfrage bestimmten Marktgeschehen, das durch die Größen ›Bedürfnis‹ und ›Knappheit‹ geprägt ist. Der hier unterstellte Markt wird vom Prinzip her durch die Nachfrage gesteuert. Es herrscht eine Marktstruktur, die einem relativ vollkommenen Markt entspricht. Auf diesem Markt herrscht noch die Konsumentensouveränität, das heißt: Der Verbraucher bestimmt nach dieser Theorie, was und wie viel produziert wird. Da in solchermaßen beschriebenen Marktstrukturen noch objektive Bedürfnisse herrschen, ist der Konflikt zwischen dem, was die Unternehmen produzieren und bereitstellen, und dem, was der Verbraucher nachfragt, als relativ gering einzuschätzen.«

»Aber diese Beschreibung kennzeichnet doch nicht unsere reale Situation auf den bestehenden Märkten. Bei ihr handelt es sich doch um die nette Geschichte vom Wochenmarkt, der noch in vielen Aspekten einer vertrauten und überschaubaren Marktform entspricht. Da aber Bedürfnisse endlich sind, ist auch die Entwicklung solcher Märkte endlich. Und sie entspricht in keiner Weise der heute üblichen Situation und den Erwartungen der Unternehmen, denen sich der Verbraucher tagtäglich gegenübersieht.«

»Das ist sicher richtig! Unsere heutigen Märkte sind angebotsorientierte Märkte – also Märkte, die massiv den Verbraucher manipulieren oder es zumindest versuchen, um ihm ihr Warenüberangebot zu vermitteln. Angebotsorientierte Märkte sind auch keine Märkte mehr, die sich am Bedürfnis orientieren können. Ein Bedürfnis ist hier zu Lande leicht zu befriedigen (Essen, Trinken, Bekleidung, Fortbewegen, Gesundheit u.a.) und ist regelmäßig endlich; im Gegensatz dazu kennt ein Bedarf kaum Grenzen bzw. lässt sich leicht manipulieren und ständig erweitern.«

»Wir sind immer noch bei der Effizienz und der Erwartung, dass die kapitalistische Wirtschaftsweise zum geringstmöglichen Verlust führt, also insgesamt recht effiziente Ergebnisse liefert. Wir konnten erkennen, dass diese Erwartung in relativ vollkommenen Märkten einigermaßen realisierbar erscheint. Wir sind auch der alten Sichtweise gefolgt, dass der Verbraucher einen relativ großen Einfluss auf das Warenangebot hat, wenn die Transaktionen in einem recht vollkommenen Markt stattfinden, was unter dem Begriff der Konsumentensouveränität Eingang in die Diskussion gefunden hat.«

»Aber vollkommene Märkte können doch nicht das Ziel der Unternehmen sein. In einem vollkommenen Markt lässt sich kein bzw. nur ein sehr moderater Gewinn erzielen. Hier liegt ein immanenter Widerspruch zu der landläufigen Zielvorstellung eines Unternehmens von der Gewinnmaximierung. Ein Unternehmen sucht ständig seinen Marktanteil auszuweiten und investiert unter Umständen in diese Maßnahme regelmäßig große Summen. Je mehr Marktanteil auf einen Marktteilnehmer entfällt, desto weiter entfernt sich der betreffende Markt von seiner ›Vollkommenheit‹. Damit steigen die Chancen für das Unternehmen, mit zunehmendem Marktanteil höhere Erträge zu erwirtschaften. Damit verliert aber der Markt Schritt für Schritt seine effiziente Verteilungsposition.«

»Die Folge wird also sein, dass die Effizienz des Systems leidet. Es wird nicht mehr das produziert, was der souveräne Verbraucher verlangt. Die technischen Anforderungen der Massenproduktion bestimmen zunehmend, was in welcher Menge hergestellt werden soll.«

»Die Massenproduktion vermittelt der Effizienz eine einmalige Chance: So billig wie unter den Bedingungen der linearen Kostendegression kann kein anderes Produkt hergestellt werden. Man erkauft sich aber die günstige Kostenrelation mit hohen Investitionen für Maschinen – anders ausgedrückt: mit hohen Fixkosten. Die Effizienz dieser Vorgehensweise, die enorme Kostenreduktionen möglich macht, wird durch eine Fixkostenabhängigkeit erkauft. Der Maschinenpark muss, um effizient zu sein, ausgelastet werden – es muss Durchsatz herrschen –, sonst ist das Unternehmen im Handumdrehen in ernsten Schwierigkeiten. Die neue Produktionsweise hat zur Folge, dass die alten Preisstrukturen zusammenbrechen – die Waren werden wesentlich preiswerter, und diese Preisveränderungen sind eine Folge der möglichen Kostendegression. Aber nicht nur die Preise purzeln; sehr rasch schlägt die Produktionsweise auch auf die Produkteigenschaften durch, weil Waren, die soviel billiger sind als zuvor, in der Wertschätzung des Verbrauchers sinken und seine Erwartung hinsichtlich der Lebensdauer des Produkts abnimmt.«

»Aus dem bisher Festgestellten lassen sich keine eindeutigen Ineffizienzen ableiten. Sie beginnen erst, wenn deutlich wird, dass ein System der Massenproduktion mit hohen Fixkostenanteilen die Unternehmen zwingt, einen regelmäßigen hohen Durchsatz sicherzustellen. Neben das Effizienzkriterium tritt für das Unternehmen jetzt das Durchsatzkriterium, denn erst der ausreichende Durchsatz sichert bei der verwendeten Technologie die ökonomische Effizienz des Unternehmens.«

»Was bedeutet das konkret?«

»Die Unternehmen haben spätestens nach dem Kriege schrittweise das alte Marktverständnis abgelegt und sind offensiv geworden. Der Markt wurde angebotsorientiert. Die Unternehmen haben nicht mehr gewartet, bis Nachfrage entsteht, um sie dann zu befriedigen,

Die Effizienzhypothese

sondern haben aktiv versucht, die notwendige Nachfrage zu schaffen, zu stimulieren.«

»Die Strategie begann in Deutschland ganz klein und fing unter dem Begriff der ›Werbung‹ an. Die Marktbearbeitungsstrategie führte dann sehr rasch zu einem völlig neuen weiteren Betätigungsfeld, dem Marketing. Marketing als Dienstleistung setzte zu Beginn seines Siegeszuges nur wenige Millionen um, heute ist es neben der Realwirtschaft einer der größten Dienstleistungsmärkte, der Milliarden umsetzt und im wesentlichen den Zweck hat, die Verbraucher unter dem Diktat des maximal möglichen ›Durchsatzes‹ für die (Massen-)Produkte interessiert zu halten. Es geht nicht mehr um ein Bedürfnis. Es ist zu elementar, und es ist endlich, also im Sinne des Marktes bzw. des ›Wachstums‹ nicht ausbaufähig.«

»Hier endet meines Erachtens die wirtschaftliche Effizienz des Systems. Wenn für ein konkretes Bedürfnis der Verbraucher effizient produziert wird, ist sichergestellt, dass das Produzierte auch ohne Druck Abnehmer findet und einen Faktor- bzw. Ressourcenverbrauch auslöst, der dem Kriterium der Effizienz entspricht. Jeder Schritt, der über diese Grenze hinausgeht, entfernt das System von der wirtschaftlichen Effizienzforderung. Entweder ist das Gut, das hergestellt wurde, hinsichtlich seiner Funktionalität für den Kunden in Frage zu stellen – und/oder es wird ein Überschuss produziert, für den das Unternehmen manipulativ Käufer finden muss. Das angebotene Gut ist im Hinblick auf die Bedürfnisse des Verbrauchers nicht notwendig und stiftet auch keinen wirklichen Nutzen.«

»Klingt sehr plausibel. Aber wer oder was bestimmt, wann die Grenze überschritten wird?«

»Das ist die Kernfrage. Wir können unabhängig vom Konkreten diese Grenze beschreiben, aber sind sehr schnell ziemlich hilflos, wenn es darum geht, diese Klassifizierung in der Wirklichkeit vorzunehmen. Die Ökonomen greifen hier in die alte Trickkiste und behaupten, der Markt bzw. der Preis für das Gut werde diese Frage schon beantworten.«

»Das ist zum Teil nicht falsch, trifft aber nur für einen relativ kleinen Markt zu. Richtige Luxusgüter werden auf einem relativ kleinen Markt gehandelt, zu dem die Mehrzahl der Normalkunden mangels finanzieller Mittel keinen Zutritt hat. Dieser Markt ist aber von der Menge und vom Umsatz her nur von geringer Bedeutung und ist hinsichtlich Ressourcenverbrauch, globaler Effizienz und ähnlicher Betrachtungen unmaßgeblich. Luxusgüter sind in der Regel auch keine Güter, die in großer Zahl produziert werden. Es würde ihrem Charakter als Luxus widersprechen. Dieser Markt steuert sich über kleine Kundenzahlen, geringe Mengen und hohen Preis.«

»Aber was ist mit den Gütern für den ›gehobenen Verbrauch‹, dem ›Luxus des kleinen Mannes‹?«

»Auch hier wird der Ökonom auf den Markt verweisen, weil es ihm verständlicherweise schwerfallen wird, eine Institution zu identifizieren, die scheinbar willkürlich bestimmt, was ein notwendiges und was ein überflüssiges Gut ist. Da ist es ihm schon lieber, die Institution ›Markt‹, von der unterstellt wird, sie sei unbestechlich, bestimmt die Frage der Notwendigkeit. Nach der Theorie des Marktes ist jedoch alles notwendig, was einen Verbraucher findet. Dabei wird vom alten Modell her unterstellt, der Verbraucher sei autonom, sei in seinem Willen frei und souverän. Diese Art der Marktbetrachtung kennt keine Machtbeziehungen und kann diese auch nicht ins Kalkül aufnehmen, denn der Markt wird meist unreflektiert als vollkommen oder nahezu vollkommen unterstellt, das heißt: Auf beiden Seiten des Marktes agieren theoretisch unbegrenzt viele Anbieter und ebenso viele Nachfrager. Marktmodell und Realität stimmen aber überhaupt nicht überein. Große Unternehmen ›machen‹ den Markt und manipulieren den Verbraucher. Viele werden jetzt aufschreien und sagen ›Das kann nicht sein!‹ Aber würde eine ganze Industrie so viel Geld in Marketingaktivitäten stecken, wenn es nur darum ginge, die Marketing-Mitarbeiter zu beschäftigen? – Nein, die Unternehmen haben festgestellt, dass die Manipulation sehr wohl den gewünschten Erfolg hat.«

Die Effizienzhypothese

»Kommen wir zurück zur Effizienz des Systems. Da wir feststellen müssen, dass der Markt aufgrund der Manipulation eine Unterscheidung von bedürfnisbefriedigenden Gütern und überflussinduzierten Gütern nicht treffen kann, müssen wir feststellen, dass das kapitalistische System sich immer weiter von einer möglichen Effizienz entfernt.«

»Wenn wir feststellen, dass wir (zumindest in der westlichen Hemisphäre) in einer Überflussgesellschaft leben, der Markt den Überfluss zwar verwaltet, aber keinesfalls reguliert, so ist auch das Postulat der Effizienz des Systems dahin.«

»›Überfluss‹ bedeutet markttechnisch ein angebotsorientiertes Marktgeschehen, weil Überfluss die Notwendigkeit von Gütern aufhebt. Was ist die Folge? Ein angebotsorientierter Markt zwingt die Anbieter, Maßnahmen zu ergreifen, den Überschuss auf die eine oder andere Weise in den Markt zu drücken – oder sie müssen feststellen, dass die vorhandene Überschussware als Müll abgeschrieben werden muss. Das können selbst große Unternehmen nicht unbegrenzt praktizieren.«

»Man nimmt Einfluss auf den Verbraucher und versucht, ihn sehr subtil dazu zu bringen, mehr zu konsumieren und/oder in Gebrauchsgüter zu investieren, als man es normalerweise erwarten würde. Dazu bieten sich mehrere Wege zur Lösung: Man trennt den Warenwert von der Funktion der Ware. Ein Auto ist funktional ein Mittel zur Mobilität. Die Autowerbung spricht aber nicht mehr über Funktionalität – Funktionalität wird unterstellt und nicht in Frage gestellt. Die Werbung spricht über Lebensstil, über (käufliche) Identität und über Emotionen, eigentlich über Dinge, die jenseits der Ökonomie liegen und die von ihr auch nicht verstanden werden. So wie Vertrauen, Loyalität, Verlässlichkeit keine ökonomischen Kategorien sind, aber elementar dazu beitragen, dass Ökonomie funktioniert, so liegen auch die markttreibenden Eigenschaften von Lifestyle und Emotion jenseits dessen, was Ökonomie darstellen kann. Auch hier haben wir Sachverhalte, die den Markt treiben, aber in keinem Marktmodell zu finden sind.«

»Lässt sich das nicht sehr treffend als ›Herdentrieb‹ und ›Schwarmverhalten‹ beschreiben?«

»Richtig! Aber wo ist dann noch das selbst bestimmte Individuum der Ökonomie zu finden? Diese Spezies gibt es doch gar nicht mehr, oder es hat sie nie gegeben, weil sie nur in den Köpfen der Ökonomen herumspaziert ist.«

»Damit können wir die Effizienz des kapitalistischen Systems eigentlich verneinen, weil Effizienz immer eine bewusste und geplante Vorgehensweise erfordert und Lifestyle und Emotionen sich nicht diesem Diktat unterwerfen lassen.«

»Nun haben wir eine merkwürdige Situation: Das einzelne Unternehmen unterwirft sich in Produktion und auch im Vertrieb dem Effizienzkriterium. Für die Notwendigkeit, einen ausreichend hohen Durchsatz bei Massengütern zu erzielen, werden Elemente der Psychologie und Soziologie herangezogen, die zwar wirksam (effektiv) sind, aber die Effizienz des Systems aufheben. Die Elemente des Systems sind unverändert mehrheitlich der Effizienz verpflichtet, aber das System als Ganzes produziert durch die Maxime des Durchsatzes eine gigantische Verschwendung. Ein Beispiel: Männliche Amerikaner kaufen laut einer Studie sieben bis acht Paar Schuhe pro Jahr, und entsprechend der gleichen Studie kaufen Amerikanerinnen im Durchschnitt 14 Kleidungsstücke pro Jahr. Hier wird nicht aus einer Notwendigkeit heraus gekauft: hier wird aus Langeweile ›geshoppt‹ – man braucht die Güter nicht, aber man erwirbt sie, weil man gerade nichts anderes zu tun hat und über Geld verfügt. Was passiert mit Waren, die auf diese Weise erworben werden? Sie werden kurzfristig genutzt, solange sie vielleicht noch den Reiz des Neuen haben, und werden dann ganz schnell entsorgt. Was sollte man auch im dritten Jahr mit 24 Paar Schuhen oder 42 Kleidern machen? Das wäre ein logistisches Problem! Es wird also vermutlich gekauft, um die Ware ganz rasch wegzuwerfen. Da ist nichts mehr mit Effizienz! Das ist eine systematische Verschwendung von Ressourcen in einem gigantischen Maßstab!«

Die Effizienzhypothese

»Noch ein Beispiel: Schlachtabfälle werden in Europa gesammelt, gekühlt und dann nach Afrika verschifft, um dort für wenig Aufwand gewinnbringend vermarktet zu werden. Die örtlichen Produzenten können preislich nicht mithalten (sie verkaufen ja keinen Abfall) und die landeseigene Industrie in dem afrikanischen Land wird durch vermeintliche Effizienz in Europa (man wirft ja nichts weg!) zerstört. Dann kommt die Entwicklungshilfe (unter dem griffigen Spruch: Hilfe zur Selbsthilfe), um das angerichtete Chaos zu komplettieren.«

»Lass uns nochmals kurz auf die Effizienz zurückkommen? Was ist eigentlich Markteffizienz? Ist das nicht ein Ausdruck für die effiziente Verteilung der auf dem Markt angebotenen Güter?«

»Nein! Das ist ein Missverständnis. In einem effizienten Markt ist die Reaktionszeit auf marktrelevante Informationen kurz, der Preis im effizienten Markt regiert schnell und unmittelbar auf neue Informationen. Ob die Verteilung der Güter angemessen und ›richtig‹ ist oder nicht, bleibt dabei unklar. Von effizienten Märkten spricht man bevorzugt in der Finanzwirtschaft, wenn sich Informationen sehr schnell in Börsenkursänderungen niederschlagen.«

Die Maximierungshypothese

»Das Effizienzkriterium in Unternehmen wird gerne und leichtfertig als synonym zur Gewinnmaximierung verwendet. Aber ist diese Umwertung richtig und der wirtschaftlichen Umgebung immer angemessen? Ich kann das nicht glauben. Als erstes wird regelmäßig unterstellt, dass alle Unternehmen die Gewinnmaximierung anstreben oder anstreben müssten, um überleben zu können. Würden alle Unternehmen die Gewinnmaximierung anstreben, dann müssten sich alle auf dieses Ziel einlassen, weil derjenige, der es nicht tut, langfristig aus dem Wirtschaftsprozess ausscheiden müsste. Das aber setzt voraus, dass Gewinnmaximierung in der Praxis immer und in jeder Situation klar zu erkennen ist. Da habe ich meine Zweifel. Weiterhin sagt Gewinnmaximierung nichts über die angestrebte Fristigkeit aus: kurzfristige, langfristige oder finale Maximierung. Das macht einen erheblichen Unterschied.«

»Ein alter Geschäftsmann, dessen Familie seit Generationen ein relativ kleines, aber feines Unternehmen betreibt, meinte in einem vertraulichen Gespräch: ›Wenn Du auf lange Sicht im Durchschnitt drei Prozent Kapitalgewinn machst, bist Du ein König. Die meisten Unternehmen schaffen das nicht, weil sie entweder gar nicht lang genug leben oder weil sie durch kurzfristige Gewinnmitnahmeeffekte ihre langfristigen Perspektiven zerstören. Eigentlich müsste man alle Gewinne, die jene drei Prozent übersteigen, sicher anlegen, damit Reserven für schwierige Zeiten bestehen – und glaub' mir, sie kommen, das ist sicher wie das Amen in der Kirche.‹ Das ist die Meinung von manchen Unternehmern, die auf eigenes Risiko und eigene Rechnung Geschäfte machen. Von Superlativen ist in einer solchen Umgebung wenig zu spüren.«

»Wenn das richtig ist, wo treten denn die Maximierungsthesen auf?«

»Ich bin mir manchmal nicht sicher, ob die These nicht eine Folge der Mathematisierung der Wirtschaftswissenschaften ist. Eine Zeitlang wurde versucht, das Unternehmen in mathematischen Gleichungssystemen abzubilden, und diese Form der Abbildung benötigt für eine Lösung eine sogenannte Zielfunktion: Was lässt sich da leichter ansetzen als ›Maximiere den Deckungsbeitrag oder den Bruttogewinn!‹ Da ich nicht den Eindruck habe, dass Unternehmer in Gleichungssystemen denken, hat auch im wirklichen Leben des Unternehmers in der Regel die Gewinnmaximierungshypothese nicht die Bedeutung, die die Wirtschaftswissenschaften aufgrund ihrer Modellfixierung meinen vertreten zu müssen.«

»Wenn die Gewinnmaximierung nicht immer die Bedeutung hat, die in den Medien vermittelt wird – lässt sich eine Unterscheidung treffen zwischen Unternehmen, die der Aussage entspannter gegenüberstehen, und in Unternehmen, die sich auf diese Hypothese geradezu versteifen?«

»Der Mehrzahl des sogenannten Mittelstandes ist die Sicht der Gewinnmaximierung nicht fremd, aber dann, wenn Eigentum und Geschäftsführung in einer Hand liegen, verliert die Hypothese schnell an Bedeutung, insbesondere, wenn man im realen Leben feststellt, dass man nicht nur auf den Gewinn schauen kann. Das Leben ist deutlich vielfältiger, und der Geschäftsinhaber hat im Rahmen seines Lebens viele Rollen wahrzunehmen. Sich nur auf die Maximierung des Gewinns zu kaprizieren, führt in anderen Bereichen des Lebens zu erheblichen Einschränkungen, und diese Einschränkungen wiegen die möglichen Vorteile einer strikten Gewinnmaximierung nicht auf.«

»Werde mal konkret!«

»Viele mittelständische Unternehmen sind lokal und regional stark eingebunden. Sie sind nicht nur Arbeitsplatz des Unternehmers, sondern auch Wohnort seiner Familie und Schulort seiner Kinder. Sein unternehmerisches Verhalten steht regelmäßig unter sozialer Kontrolle, und es kostet unter Umständen viel Überzeugungskraft, eine wirtschaftlich unpopuläre Maßnahme in seinem Unternehmen in einem solchen Umfeld durchzusetzen.«

»Verstanden!«

»Es gibt eine Gruppe von Unternehmen, in denen hier eine völlig andere Sichtsweise herrscht. Es sind jene Unternehmen, bei denen Eigentum und Geschäftsführung auseinanderfallen: Das sind Aktiengesellschaften und eine ganze Reihe von großen Gesellschaften mit beschränkter Haftung. Diese Unternehmen beschäftigen in der Regel Fremdgeschäftsführungen, das heißt: Dritte erledigen das Geschäft für die Eigentümer. Ihre Ziele sind durch andere Eigenschaften determiniert als die eines Gesellschafter-Geschäftsführers.«

»Wodurch unterscheidet sich Fremd-Geschäftsführung von der Eigentümer-Geschäftsführung?«

»Fremd-Geschäftführer tragen in aller Regel kein Existenzrisiko für das Unternehmen, das sie leiten. Sie sind von ihrer Funktion her Angestellte, und daran ändert sich auch nichts, wenn sie noch so dynamisch auftreten. Wenn die Unternehmung schief geht, haben sie schlussendlich nur ein Arbeitsplatzrisiko, das durch hohe Regelvergütungen stark relativiert wird. Ihnen fehlt in der Regel auch der lokale und/oder regionale Bezug. Sie reisen morgens an und ziehen sich – oft nach einem langen Arbeitstag – am Abend in ihre private Welt zurück. Sie müssen sich nicht abends am Stammtisch beim Bier noch rechtfertigen.«

»Was ist mit der zweiten Kategorie, dem Eigentum?«

»Der Eigentumsbegriff im Rahmen einer Aktiengesellschaft ist in meinen Augen ein überaus fragliches Institut. Wie soll ein temporärer Eigentümer, dessen Eigentum in ein paar Sekunden wechseln kann, eine Beziehung aufbauen, die dem Grundsatz ›Eigentum verpflichtet‹ gerecht werden könnte? Eine Verpflichtung setzt eine Beziehung voraus – eine Bindung, die Verantwortlichkeit auslöst. Das alles kann dann nicht geschehen, wenn das Eigentum ›ex und hopp‹ anonym weitergeschoben werden kann, insbesondere dann,

Die Maximierungshypothese

wenn die Unternehmenslage schwierig wird. Wie soll Verantwortlichkeit entstehen, wenn die Beziehung zum Unternehmen nur temporär besteht und sich auf den Gewinnanspruch reduziert. Die Funktion des Eigentums wird meines Erachtens im Rahmen der börsennotierten Aktiengesellschaft *ad absurdum* geführt. Es gibt in diesem Sinne bei der börsennotierten Akteingesellschaft kein ›Eigentum‹ und auch keinen ›Eigentümer‹, wenn regelmäßig per Knopfdruck die Eigentumsfunktion angenommen und abgegeben werden kann. Der Eigentumsanspruch reduziert sich dadurch auf Geld, sein Anteilsschein ist komodifiziert, also zum Massengut entwertet. Wo Eigentum regelmäßig dem Individuum zugemessen wird, entsteht aufgrund der Bindung auch eine Verantwortlichkeit des Individuums; das Eigentum am Kapital einer börsennotierten Aktiengesellschaft ist dagegen nur noch ein Massengut. Ähnlich einem Massengut gilt es nicht viel, besitzt keine individuellen Züge und keine Reputation und ist als solches beliebig austauschbar. Wie soll dann ein Gremium von Aktionären in der Hauptversammlung eine eigentümerähnliche Kompetenz besitzen, um Eigentum verantwortlich zu verwalten – Entscheidungen zu treffen, die dem Grundsatz ›Eigentum verpflichtet‹ in irgendeiner Weise gerecht werden?«

»Wie werden solche Aktiengesellschaften denn nun geführt?«

»Durch Wirtschaftssöldner! Dabei benutze ich den Begriff des Söldners, wie Machiavelli ihn auffasst, der vor der Verwendung von Söldnern warnt. Vereinfacht macht er geltend: ›Wenn kein Krieg herrscht, kosten sie nur Geld und stören den Frieden; wenn es drauf ankommt, laufen sie weg. Sind Deine Söldner gut, dann wirst Du von ihnen abhängig gemacht. Sind sie schlecht, bereiten sie Dir Deinen Untergang.‹ Diese knochentrockene Analyse sollte man sich vor Augen führen, wenn man die Funktion von Vorständen überdenkt.«

»Ist das nicht etwas heftig, einen Vergleich mit einem Werk von vor 500 Jahren anzustellen?«

»Nicht unbedingt. Wir stören uns zum Beispiel gegenwärtig an den Bezügen von Vorständen, die in vielen Fällen jedes Augenmaß vermissen lassen. Wenn alle Beschäftigten im Unternehmen sich in schlechten Zeiten finanziell zurücknehmen müssen, wachsen die Vorstandsbezüge ungeniert. Warum? Weil sich von denen, die eigentlich die Eigentümerfunktion wahrnehmen und deshalb einschreiten müssten, aus Eigeninteresse keiner traut, dem Treiben Einhalt zu gebieten. Wer sind denn die Vertreter der Eigentümer – die Aufsichtsräte? Sie sind Wirtschaftssöldner in anderen großen Unternehmen. Sie werden sich hüten, die Höhe der Vergütung des Vorstands wirklich in Frage zu stellen. Wie können sie in der Funktion eines Aufsichtsrates Vergütungen in Frage stellen, die sie in ihrer Funktion als Vorstände gerne selber einstreichen wollen? Und das sind doch nicht nur ein paar wenige – das ist inzwischen eine ganze Söldnerkaste, die sich wechselseitig die Bälle zuspielt; und die ›blöden‹ Schein-Eigentümer schauen verständnislos mit großen Augen zu. Wie sagte Machiavelli: ›Söldner machen Dich Schritt für Schritt abhängig.‹«

»Darf ich auf den Beginn unseres Gesprächs zurückkommen – ist es richtig: Wir sind immer noch bei der Maximierungshypothese?«

»Ohne Frage. Wir nehmen gleich die Kurve. Wie John K. Galbraith schon 2005 in einem seiner letzten Bücher andeutete, sind die Konzerne in der Hand dieser Söldnerkaste, die keiner mehr kontrolliert bzw. kontrollieren kann. Das Eigentum hat sich atomisiert bzw. nimmt keine Kontrollfunktion mehr wahr, weil die Gremien, die das Eigentum darstellen sollen, selber wieder durch Teile der Söldnerkaste besetzt sind. Das, was Galbraith feststellt, hatte Hermann Josef Abs schon in den fünfziger Jahren verdeckt zum Ausdruck gebracht: ›Der Aktionär ist dumm, weil er uns sein Geld anvertraut, und frech, weil dafür auch noch eine Dividende erwartet.‹ Wie kann nun diese Kaste von Söldnern ihr Dasein rechtfertigen und sich in die Unentbehrlichkeit manövrieren? Sie muss einem einfach zu verstehenden Grundsatz das Wort reden, der ihrer Abgehobenheit von allen Alltagsproblemen entspricht. Er lautet ganz simpel: Wir kämpfen für Dich, Aktionär, um den maximalen

Die Maximierungshypothese

Gewinn (natürlich nach unseren Vorstandsvergütungen) zu erzielen. Dieser Grundsatz ist leicht vermittelbar, gefällt dem auf Rendite programmierten Aktionär (hält ihn also ruhig) und trifft sich ideal mit der eigenen Zielsetzung, möglichst schnell und ohne nennenswertes Risiko zu Vermögen zu kommen. Die Voraussetzung für diesen Erfolg ist die Fähigkeit, in die Kaste vorzustoßen und als Mitglied akzeptiert zu werden. Ob diese Kaste wirklich so gut ist, wie sie sich präsentiert, steht auf einem anderen Blatt. Ihr Marketing ist auf jeden Fall ausgefeilt und sorgt für Unentbehrlichkeit.«

»Welche Rolle spielt dabei denn nun der Shareholder Value?«

»Die medienwirksame Durchsetzung des Konzeptes zum Shareholder Value war für die Söldnerkaste im ersten Schritt ein Gewinn. Die Maximierungshypothese war plötzlich in jedermanns Munde. Das Verfahren zur Ermittlung des Shareholder Value ist der Versuch, den Wert von Unternehmen laufend zu bestimmen, um die Stellschrauben zu erkennen, die es dem Management ermöglichen, den Wert laufend zugunsten der Aktionäre zu steigern. Grundlage der Wertbestimmung ist dabei der Gewinn, der um ein paar Attribute bereinigt wird. Man glaubte, hierdurch die ›überragende‹ Leistung der Kaste endlich angemessen darstellen zu können. Dummerweise führte die Einführung der Shareholder Value-Kennzahl dazu, dass auch offensichtlich wurde, wieviel Vermögen regelmäßig durch die Vorstände als Rauch durch den Kamin gejagt wird. Der Shareholder Value erwies sich also argumentativ als ein sehr zweischneidiges Schwert. Aber man kann nicht feststellen, dass die Bezüge der ›Kaste‹ auch bei Vernichtung von mehr als 50 Prozent des Unternehmenswertes deutlich einbrechen. Wie sollten sie auch: Die dafür zuständigen Entscheider im Aufsichtsrat werden sich doch nicht den Ast absägen, auf dem sie sitzen – und sie wissen, wie flüchtig wirtschaftlicher Erfolg sein kann.«

»Der Shareholder Value hatte einen richtigen Boom ausgelöst. Alles sollte jetzt dieser ›neuen‹ Kennzahl untergeordnet werden.

Nahezu alle schienen sich einig: Der Shareholder Value ist die Größe, die dem Gewinnmaximierungsgedanken den besten Ausdruck verleiht.«

»Die Beobachtung kann ich nur bestätigen. Es war teilweise schon peinlich, mit welcher Verve selbst intelligente Manager diesen Unsinn nachplapperten. Das Schlimme daran ist, dass es keinerlei vertrauenswürdige Untersuchungen gibt, die aus der Vergangenheit heraus versuchen nachzuweisen, welche Zielsetzung die Lebensdauer eines Unternehmens bestimmt. Es ist also gar nicht gesagt, dass ein Unternehmen, das sich am Shareholder Value ausrichtet, besonders überlebensfähig ist. Möglicherweise opfert man mit dem Verfahren für den Erfolg von heute die Chance auf morgen. Im Sinne des etwas veralteten Eigentumsbegriffs hätte diese Grundüberlegung eine Bedeutung für den Eigentümer. Es ist dem Investor (wie wir den Eigentümer heute nennen würden) aus seiner Perspektive gleichgültig, wenn er nur sein Vermögen durch die ›Geldquetsche‹ des Shareholder Value vergrößern kann.«

»Was diese Sichtweise völlig vernachlässigt, ist die Tatsache, dass Unternehmen nicht nur zum Geldscheffeln gegründet werden, sondern in erster Linie, um einer Vielzahl von Menschen Einkommen und Selbstbestätigung bereitzustellen. Es kann nicht sein, dass wir die ›Sklaven‹ in einer Wirtschaft sind, in der Unternehmenswerte für Investoren gesteigert werden müssen – sondern die überwiegende Mehrzahl der Bürger will durch wirtschaftliche Leistung auf breiter Front von der Wirtschaft leben. Es gibt Untersuchungen, die zeigen, dass Familienunternehmen im Schnitt die längste Lebensdauer aufweisen. Hier sind wir wieder bei der Einheit von Eigentum und Führung. Wenn man diese Unternehmensform untersuchen würde, denke ich, werden wir kaum Apologeten des Shareholder Value finden. Keine ›Outperformer‹, keine Überflieger, sondern Unternehmen, die es über die Generationen verstanden haben, das Unternehmens-Schiff um alle Klippen zu steuern, den Eigentümern eine angemessene Rendite zu sichern und über Mitarbeiter verfügen, die Machiavelli positiv als ›Landsleute‹ charakterisieren würde.«

Die Maximierungshypothese

»Nach einer amerikanischen Studie leben Unternehmen durchschnittlich 13,7 Jahre. Die Aussage wurde um die Jahrtausendwende getroffen. Die Lebensdauer von Unternehmen lag 50 Jahre davor vergleichsweise noch beim Dreifachen. Die Gründe für diese Entwicklung sind sicher vielfältig. Allein die Zahl der Neugründungen hat in den letzten Jahrzehnten vermutlich erheblich zugenommen. Weiterhin wäre es von Interesse zu wissen, wo das ›Sterben‹ sich häuft, denn es gibt doch eine beachtliche Reihe von ›alten‹ Unternehmen. In der Statistik wird allerdings die Größenordnung nicht erfasst; vermutlich kam es also oft bereits zu Beginn der Unternehmenslaufbahn zu wirtschaftlichen ›Todesfällen‹. Je routinierter oder professioneller die Unternehmen über die Zeit hinsichtlich Verhaltensweise und Struktur geführt werden, desto geringer wird vermutlich die ›Sterberate‹ werden.«

Die Bewertung von Unternehmen

»Das bringt mich auf ein anderes Thema: Unternehmensbewertung. Es wird jährlich eine unübersehbare Zahl von Unternehmenstransaktionen durchgeführt. In all diesen Transaktionen werden Preise verhandelt und gezahlt, die in der Regel zu den Wertansätzen, wie sie sich bei einer Unternehmensbewertung ergeben würden, in keinem Verhältnis stehen. Die wirklich gezahlten Preise liegen in der Mehrzahl der mittelständischen Fälle deutlich niedriger als die theoretischen Wertansätze. Lässt sich das plausibel erklären?«

»Das ist schwierig, weil sich dabei wissenschaftlicher Anspruch, juristische Pragmatik und Politik vermischen. Das einfache zuerst: Wenn sich Käufer und Verkäufer bei Unternehmenstransaktionen treffen, um einen Preis zu verhandeln, ist in aller Regel kein Mathematiker zugegen. Die Wertbildung erfolgt auf der Grundlage von Regeln, die jeder am eigenen Leib erfahren hat und aus dem täglichen Leben kennt. Diese Grundsätze werden alle aus den vier Grundrechenarten entwickelt und leiten zusammen mit der kaufmännischen Vorsicht und einem gesunden Risikobewusstsein die Wertvorstellung der Unterhändler. In solchen Verhandlungen ist immer wieder festzustellen, dass diejenigen, die ihr Eigentum verkaufen bzw. Eigentum aus der eigenen Tasche erwerben wollen, preislich deutlich zurückhaltender sind, als es die Theorie der Unternehmensbewertung vermuten lässt. Auch hier sollten wir unterscheiden zwischen jenen, die eigenes und insbesondere selbstverdientes Geld einsetzen, und solchen, die im Auftrag eines weitgehend anonymen Auftraggebers Unternehmen kaufen oder verkaufen.«

»Können wir wirklich eine derartig unterschiedliche Auffassung bei diesen Transaktionen feststellen?«

»Ich denke, ja – und möchte versuchen, meine Auffassung plausibel zu machen. Menschen, die nichts oder nicht viel besitzen, können sich nicht vorstellen, welche Belastung Eigentum für vermögende Menschen sein kann. Wer nichts hat, kann nichts verlieren. Wer viel hat, kann viel verlieren, und der Druck eines möglichen Verlustes treibt die Vermögenden an, ständig an der Vermehrung ihres Vermögens zu arbeiten. Die Beziehung solcher Menschen zu ihrem erworbenen Eigentum ist deshalb relativ eng. Wenn nun solche Menschen Unternehmenseigentum kaufen oder verkaufen, so transferieren sie nicht ein jederzeit verfügbares Massengut; da geht es sehr wohl um Persönliches. Diese Transaktionen geschehen in diesen Kreisen nicht alltäglich, sie sind etwas Herausragendes und werden entsprechend gewürdigt. Gerade weil die Beteiligten nicht mit kühlem Herzen derartige Transaktionen vornehmen, wissen sie um die Risiken und um die notwendige Vorsicht, die dabei walten muss, um mit der Transaktion nicht das lebenslang Geschaffene oder auch Ererbte leichtfertig zu gefährden. Die Preisverhandlungen sind sehr ›irdisch‹ und oft vergangenheitsbezogen. Es werden kaum Preise für großartige Planzahlen bezahlt, es wird das Realistische aus der Sicht der Akteure zur Grundlage des Geschäfts gemacht. Die für diese Art Geschäfte geltenden Vielfachen sind einfach gestaltet und insbesondere vom Risiko getragen. Erste Wert-Benchmarks für die Diskussion bilden je nach Risikoklasse des transferierten Geschäftes das Dreifache, Fünffache oder, bei besonders risikolosen Geschäftsformen, das Siebenfache eines Gewinns vor Zinsen und Steuern. Wenn andere, insbesondere höhere, Wertansätze im Gespräch sind, müssen besondere aus dem Geschäft der Vergangenheit erkennbare Gründe vorliegen. Wenn man diese einfachen Vielfachen auf den theoretischen Ansatz der Unternehmensbewertung überträgt, dann entspricht die Vorgehensweise unter Anwendung von Vielfachen einem Diskontsatz vor Steuern von 33 %, 20 % bzw. etwa 14 %. Das sind Größenordnungen für einen Diskontsatz, die in der Unternehmensbewertung gegenwärtig kaum zur Anwendung kommen, auch dann nicht, wenn man den Steuerfaktor noch vermindernd verarbeiten würde.«

»Ich möchte die Aussage nicht in Frage stellen – aber warum klafft zwischen den Ansätzen der Praxis und den Werten der Unternehmensbewertung eine solche Lücke?«

»Das ist mir auch nicht ganz erklärlich. Manche Gesichtspunkte lassen sich nachvollziehen. Aber deshalb wird es nicht plausibeler. Im ›Standard Nr. 1‹ des Instituts der Wirtschaftsprüfer kann man eine mögliche Begründung lesen. Sie lautet sinngemäß, dass die Wertfindung bei einer Unternehmenswertermittlung nicht den Preis abbildet, sondern einen ›inneren Wert‹ des Unternehmens. Der Preis für ein Unternehmen würde sich am Markt über Angebot und Nachfrage bilden. Die Bewertung nach dem Unternehmensbewertungsverfahren ermittle nur den ›inneren Wert‹ des Unternehmens, und der habe mit dem Preis nichts zu tun.«

»Wie bitte? Bist Du sicher, dass das eben Gesagte wirtschaftlich sinnvoll ist?«

»Ich kann dieses Argument nicht nachvollziehen. Wenn sich ein Preis am Markt bildet, so benötigen wir keine Bewertung. Die Bewertung kommt doch erst dann ins Spiel, wenn die Möglichkeit, den Vorgang auf den Markt abzuwickeln, aus nachvollziehbaren Gründen nicht möglich ist. Trotzdem muss ein Unternehmenswert gefunden werden. Also ist es die Funktion der Unternehmensbewertung, einen Wert insbesondere dann bereitzustellen, wenn kein Markt zur Verfügung steht. Die Bewertung ist also eine Ersatzhandlung für eine Preisentscheidung, die unter normalen Bedingungen am Markt fallen sollte. Das ist doch der Anspruch, der an die Bewertungsmethode gerichtet wird: den Markt möglichst genau abzubilden oder zu simulieren. Aber genau das, sagt der Standard Nr. 1, ist nicht der Zweck und das Ziel der Methode.«

»Was zum Teufel ist er dann?«

»Da bin ich auch ziemlich ratlos! Wenn der Wert zwar funktional den Markt ersetzen, aber die Methode laut Aussage auch nicht hilfsweise den Markt repräsentieren soll, was ist die aufwändige Wertfindung dann wert?«

»Ich habe da einen Verdacht. Könnte es sein, dass durch diese Aussage auf trickreiche Weise sichergestellt wird, dass der ermittelte Unternehmenswert, wenn er denn nach den Regeln des Standards ermittelt wurde, unangreifbar gemacht werden soll? Denn, wenn die Wertfindung völlig an dem vorbeigeht, was ›alle gerecht denkenden Kaufleute‹ (wenn es so was gibt) aus ihrer langjährigen Erfahrung für angemessen halten würden, so kann man diese Wertfindung nur in Frage stellen, wenn man Fehler im Ermittlungsverfahren (in der Schrittfolge des ›Standards Nr. 1‹) nachweisen kann.«

»Kann man den Wertansatz nicht auch dann angreifen, wenn die Planungsgrundlage unrealistisch ist?«

»Sicher! Aber in den meisten Gutachten, die ich gesehen habe, habe ich keine Kopien der Details der Planungsgrundlage vorgefunden. Die schlummern regelmäßig in den Akten des Gutachters, also ist dieser Ansatz nicht sehr erfolgversprechend. Die andere Frage ist: Wann ist eine Planung unrealistisch? – Wer will das bewerten? Eine Planung ist dann hinreichend realistisch, wenn sie, gemessen an der Vergangenheit, sich dem dort entwickelten Trend annähert. Das ist dann aber keine Planung, sondern eine Fortschreibung der Vergangenheit. Und so sieht denn auch die Praxis mit der Planung aus! Da der Bewerter auch zur Realisierbarkeit der Planung eine Aussage treffen sollte, ist er arm dran: Handelt es sich um eine Planung, die den Namen verdient, hat er kaum einen plausiblen Maßstab zur Beurteilung der Angemessenheit; kann der Bewerter die Planung anhand der Vergangenheit plausibel machen, ist es keine Planung, sondern im wesentlichen eine Fortschreibung der Vergangenheit und taugt im Grunde nicht für die Bewertung, die laut Standard Nr. 1 eine Planung als Grundlage verlangt.«

»Verstehe ich das richtig – wir haben ein Verfahren zur Bewertung, das nichts mit dem Markt zu tun haben will; wir haben weiterhin eine Arbeitsgrundlage, die ihrem Namen nicht gerecht wird. Werte auf Planungen aufzusetzen, gilt zwar als regelkonform, aber öffnet doch die Tür für den berühmten ›Hockey-Stick‹: Heute ist es noch schlecht, aber morgen schon dreht sich die Lage laut Plan, und in Zukunft ist rosig!«

»Das ist eine der größten intellektuellen Verbiegungen, mit denen ich in meiner Praxis zu kämpfen hatte. Ist man vorsichtig und konservativ, tritt man in die Trend-Falle der Vergangenheitsfortschreibung. Ist die Planung innovativ, so fehlen in aller Regel die eigenen Kriterien. Man ist auf die hoffnungsvollen Ausführungen des Planenden angewiesen. Sind diese nicht gut dokumentiert, fällt man wieder in die Vergangenheitsfalle. Wenn es mit der Planung um ein richtiges Bewertungsrisiko geht, kann sich jeder leicht ausrechnen, wo diese Planungen landen – im Trend, weil hier der geringste Widerstand und das geringste Risiko für den Bewerter auftreten wird. Aber der Standard spricht auch nach Jahren seiner Existenz immer noch von Planungsgrundlagen, mit der dümmlichen Begründung, ›dass der Kaufmann für die Vergangenheit nichts bezahlt‹ – deshalb muss es eine Zukunft sein, die der Bewertung zugrunde liegt. Da wir alle blind sind, was die Zukunft angeht, ist das doch wohl die wackeligste Annahme, auf der Millionenwerte basieren. Wenn der Standard angesichts der praktischen Probleme wenigstens den Begriff ›Planung‹ streichen und eine modifizierte Vergangenheitsfortentwicklung zu Grunde legen würde – es wäre ehrlicher und realistischer, weil es die reale Vorgehensweise widerspiegeln würde!«

»Lass' uns bitte noch mal den vorherigen Gedanken zur großen Diskrepanz zwischen den Werten der Bewertungsmethode und den im täglichen Verkehr tatsächlich gezahlten Wertansätzen aufgreifen und hier noch ein paar Gedanken anführen. Kann es sein, dass Deine Feststellungen über die Werte und Preise bei Unternehmenstransaktionen stark mittelstandsgeprägt sind und die Großtransaktionen nach anderen Kriterien laufen?«

»Das ist nicht ausgeschlossen. Unternehmer, die sich mit Transaktionen beschäftigen, die ihren eigenen Geldbeutel betreffen, verhalten sich mit Sicherheit anders als ›Wirtschaftssöldner‹, wenn ich diesen Begriff aufgreifen darf. Die Größe gewisser Transaktionen übersteigt das Wertvorstellungsvermögen jedes der Beteiligten. In solchen Situationen wird man es nicht vermeiden können, auf eine Bewertungsmethode zurückzugreifen, um verhandlungsfähige Einstiegswerte zu finden. Was liegt da näher, als sich einer bekannten und möglicherweise global akzeptierten Methode zu bedienen. Jetzt würde jeder mittelständige Unternehmer fragen, ob die Methode realistische Werte produziert – denn es geht um sein Geld, über das die anonyme Methode bestimmt. Da die Beteiligten bei den Großtransaktionen aber nicht Unternehmer sind, sondern ›Söldner‹ (leitende Angestellte) kennen sie dieses Problem gar nicht. Es ist sowieso das Geld anderer Leute, mit dem sie – hoffentlich verantwortlich – umgehen. Und hier beginnt sich jetzt die Sache zu drehen: Da es aufgrund der Größe des Projektes keine emotional begründbaren Wertansätze gibt, ist es für den verantwortungsbewussten Söldner ganz wichtig, dokumentieren zu können, dass der letztlich verhandelte Preis gerechtfertigt ist. Was macht er? Er lässt sich ein Wertgutachten mit genau der Methode erstellen, die wir oben kritisiert haben. Da die Methode anerkannt ist, hat er seiner Verantwortlichkeit genügt. Ob die über diese Methode ermittelten Werte zu hoch sind, kann ihm gleichgültig sein, es ist sowieso nicht sein Geld, mit dem das Geschäft abgewickelt wird. Für ihn ist wichtig, hinsichtlich des Verhandlungsergebnisses unangreifbar zu sein oder zu werden. Ich denke, das erklärt auch die teilweise astronomischen Preise, die bei solchen Deals für heiße Luft gezahlt werden.«

»Das war aber zur Ergänzung noch notwendig. Es ist aber merkwürdig: Es wird eine Methode entwickelt, die zumindest für die kleineren Unternehmenstransaktionen unter Unternehmern keine Treffsicherheit in Bezug auf die Marktwerte der beteiligten Unternehmen erzielen. Hier würde jeder halbwegs wissenschaftlich Interessierte doch die Frage stellen, warum ist das so? Man kann sich auf den Standpunkt stellen, dass die Unternehmer, die niedrigere Transaktionspreise zahlen und akzeptieren, alle zu ›dumm‹ sind, einen richtigen ›Deal‹ einzufädeln. Wenn man das zu Recht entrüstet von sich weist, so wäre doch die Frage zu klären: Warum sind die Wertansätze im mittelständischen Bereich so oft soviel niedriger als bei der Bewertungsmethode? Hat die Methode einen systematischen Fehler, der dazu führt, zu hohe Werte hervorzubringen?«

»Hier möchte ich nochmals einhaken. Es gibt meines Erachtens drei Aspekte des Verfahrens, bei denen die Methode Mängel aufweist: Es werden einmal die Werte, die in die Zukunft projiziert werden, auf die Ewigkeit verpflichtet, obwohl wir alle wissen, wie endlich Unternehmen in aller Regel sind. Weiter werden im Diskontsatz zwar allgemeine Risiken erfasst, aber das Insolvenzrisiko taucht dabei nicht auf, obwohl inzwischen für jedes bei der Bank ›geratete‹ Unternehmen ein spezielles Insolvenzrisiko bestimmt wird. Und letztlich werden bei der Ermittlung des Wertes von mittelständischen Unternehmen zwar die Beta-Werte und die Risikozuschläge aus den Börsenwerten vergleichbarer Unternehmen entwickelt, jedoch werden die mit dem Börsengang verbundenen Extrakosten nicht in die Gewinn- und Verlustrechnung des zu bewertenden mittelständischen Unternehmens einbezogen.«

»Wenn ich Dich richtig verstehe, dann haben doch die Wirkungen aller drei Aspekte die gleiche Richtung – sie würden die Diskrepanz zwischen den Werten der Unternehmer und denen der Methode stark verringern, und damit würden die Werte der Methode am Markt im wesentlichen verifiziert werden können. Das wäre ja doch insofern eine Befriedigung, als deutlich würde, dass die ganze ›Hirngeburt‹ zumindest für einen Teil der Anwendungsgebiete eine reale Basis haben könnte. Es hätte aber zur Folge, dass die Methode geändert werden müsste.«

»Was die Hirngeburt betrifft, so ist dieser Vorgang meines Erachtens nur in der Ökonomie möglich und denkbar. Es wird ein Verfahren entwickelt. Der intellektuelle Aufwand für das Verfahren ist erheblich. Das Verfahren führt aber in einem Bereich zu massiven Abweichungen zum Markt. Die Aussage ist deshalb möglich, weil der Markt jeden Tag Transaktionen vollzieht, die sich nicht um die Bewertungsmethode scheren. Da der Markt in unserem Wirtschaftssystem meistens so etwas wie eine ›heilige Instanz‹ darstellt, ist es verwunderlich, dass sich hier kein Vertreter der Verfahrensentwickler dafür interessiert, ob sein Verfahren den ›Elchtest‹ besteht. Er müsste sonst feststellen, dass hier noch Dinge zu justieren sind. Das scheint aber nicht von Interesse zu sein, denn man hat es durch mediale Unterstützung geschafft, dass die Methode weltweit anerkannt wurde. Das Verfahren generiert zwar keine ›richtigen‹ Werte, aber die Werte werden als richtig in die tägliche Praxis übernommen und angewendet. Ich frage mich manchmal, ob ein solches Vorgehen auch in den Naturwissenschaften möglich wäre, deren strenge Methodik ja für manche Ökonomen als erstrebenswerter Vergleichmaßstab gilt.«

Neoliberalismus

»Ich habe im Internet einige Artikel zur Wirtschaftsentwicklung gelesen und bin dabei verschiedentlich auf den Begriff ›Neoliberalismus‹ gestoßen. In der Regel wurde dieser Begriff verwendet, um insbesondere negative Entwicklungen im Sozialbereich zu begründen. Weißt Du, was damit gemeint sein könnte?«

»Ich denke schon. Aber der Begriff ist mehrdeutig, und wir sollten uns erst mal darüber klarwerden, was damit gemeint sein könnte, denn es gibt in Wissenschaft und politischer Praxis niemanden, der von sich behaupten würde, er sei ein Vertreter des ›Neoliberalismus‹. Der Begriff ist weder neu noch eindeutig. Ich denke, er kommt aus der Revision des alten liberalen Gedankengutes und beschreibt ursprünglich eine Neuauflage wirtschaftsliberaler Gedanken in den zwanziger Jahren des letzten Jahrhunderts. Der heute verwendete Begriff ›Neoliberalismus‹ kommt meines Erachtens aus dem angloamerikanischen Sprachraum. In Deutschland wird dieses Gedankengut unter dem Begriff des ›Ordoliberalismus‹ der Freiburger Ökonomie-Schule beschrieben, und viele, aber nicht alle Ökonomen, die die ›*Soziale Marktwirtschaft*‹ propagieren, haben dort ihre intellektuellen Wurzeln.«

»Das klingt doch eigentlich ganz sympathisch. Wo fängt denn nun das Problem an?«

»Ich bin mir nicht ganz sicher, aber die Verwirrung beginnt eigentlich schon mit dem Begriff ›Soziale Marktwirtschaft‹. Die damaligen Vertreter des Liberalismus strebten eine lupenreine Marktwirtschaft an, hatten aber in der Nachkriegszeit nicht den Mut, dem Kind diese klare Bezeichnung zu geben. Die damaligen Christdemokraten, die sich diese Wirtschaftsform auf die Fahnen geschrieben haben, verfügten noch über einen relativ starken Arbeitnehmerflügel und waren insgesamt noch viel stärker als heute einer christlich-sozialen Haltung verpflichtet. Nell-Breuning hatte zu dieser Zeit noch einen großen Einfluss. In einer solchen Umgebung marktwirtschaftliche Idealvorstellungen zu predigen, war wohl politisch nicht opportun. Also hat man aus der Marktwirtschaftsidee eine Idee der ›Sozialen Marktwirtschaft‹ werden lassen, indem man der Idee der Marktwirtschaft ein soziales Mäntelchen umhing. Die parteiinterne Gegnerschaft war damit weitgehend zufrieden, und die wirtschaftlichen Erfolge der Nachkriegsjahre unter Adenauer und Erhard schienen die Erwartungen, die mit der ›Soziale Marktwirtschaft‹ verbunden wurden, zu bestätigen. Außenpolitisch herrschte ›Kalter Krieg‹, das heißt: Neben der wechselseitigen Bedrohung bestand unausgesprochen ein Wettbewerb der Wirtschaftssysteme des Ostblocks gegen jene des Westens. Auch hier wollte man keine unnötige Angriffsfläche bieten. Aber außerhalb Deutschlands haben die Marktwirtschaftler eifrig ihre Mühlen gedreht und mit Margret Thatcher und Ronald Reagan die ersten Regierungschefs gefunden, die sich offen zu einer streng marktwirtschaftlichen Haltung bekannten und die die marktliberalen Ideen Schritt für Schritt umzusetzen begannen. Als sich dann Ende der achtziger Jahre der Ostblock auflöste oder kollabierte, war der Wettbewerb beendet. Der Westen fühlte sich als Sieger. Es dauerte dann nur rund 20 Jahre, bis auch der Westen sein System mit Hilfe des Finanzmarktes so in den Dreck gefahren hat, dass dieser Kollaps die Struktur der gesamten westlichen Welt hätte auflösen können, wenn nicht die Politik die Bürger verpflichtet hätte, den Schlamassel zu bereinigen.«

»Zurück zur Sozialen Marktwirtschaft: Wie kommst Du darauf, dass das ›Soziale‹ der ›Sozialen Marktwirtschaft‹ nur Tünche darstellt?«

»Einmal geht es darum, dass die Soziale Marktwirtschaft ja nicht vom Himmel fiel, sondern als marktwirtschaftliche Idee schon Jahrzehnte in der Diskussion war. Die Amerikaner hatten den Begriff ›Kapitalismus‹ verdammt und ihn durch den harmloseren Begriff ›Marktwirtschaft‹ ersetzt, ohne die Inhalte wesentlich zu verändern. Als dann Müller-Armack in Deutschland die politische Linie der Sozialen Marktwirtschaft entwarf, war er nicht so blauäugig, ins offene Messer seiner politischen Gegner zu laufen, denn ein marktwirtschaftliches System war unter den damaligen Umständen und den Erfahrungen der Kriegsgeneration nicht umsetzbar. Ein weiteres Argument ist die gegenwärtig aktive Lobby-Institution ›Initiative Neue Soziale Marktwirtschaft‹, deren Name auf das alte Muster hinweist, aber deren soziale Ideen nur als neoliberal charakterisiert werden können – das heißt für mich, dass sie eigentlich nur die marktradikale Idee von damals unter neuen Umständen weiterführt und versucht, das, was Müller-Armack nicht gelang, 60 Jahre später umzusetzen.«

»Jetzt komm' mal zur Sache: Was ist denn nun neoliberale Politik? Wie lässt sie sich beschreiben und eventuell abgrenzen?«

»Da ich Dir niemanden zitieren kann, der dieses Phänomen verbindlich definiert hat oder offen über die neoliberalen Ziele spricht bzw. sprechen will, muss ich auf Zusammenstellungen zurückgreifen, die versuchen, das neoliberale Weltbild aus der Perspektive des Gegners zu beschreiben. Es bleibt schwierig, das richtige Maß walten zu lassen. Liberales Gedankengut ist ja nicht per se zu verdammen, aber im Rahmen des Neoliberalismus hat das Diskussionsniveau eine Radikalität erreicht, die einer ausgewogenen Meinungsbildung große Schwierigkeiten in den Weg legt. Zudem habe ich den Eindruck gewonnen, es geht hier nicht mehr um die Auseinandersetzung über Ideen, sondern um blanke Machtausübung bzw. Machterhaltung.«

»Also fangen wir an: Ein wesentlicher Aspekt des Neoliberalismus ist die Auffassung, dass *Privatisierung* und *Deregulierung* das wirtschaftliche Heil versprechen. Nach dieser Auffassung wäre es am besten, wenn alle heute noch öffentlichen Leistungen (bis auf ganz wenige hoheitliche Aktivitäten des ›Nachtwächterstaates‹) durch private Dienstleister erbracht würden. Die Gründe hierfür sind vielfältig: Die Vertreter des Neoliberalismus glauben immer noch, dass die öffentliche Verwaltung grundsätzlich ineffizient und nicht nahe am Bürger sei. Grundlage dieser Haltung ist die Behauptung, dass nur privatwirtschaftliche Unternehmen effizient arbeiten, weil sie durch die ›Gewinnmaximierungshypothese‹ über ein eindeutiges Ziel verfügen und deshalb effizient organisierte Strukturen entwickeln. Weiterhin misstrauen sie den gewählten Vertretern der Politik. Sie sind der Meinung, dass diese Klientel – nicht ganz unberechtigt – nur ihr Eigeninteresse im Auge habe und sehr anfällig für Korruption sei. Letztere könne durch keine vernünftige Maßnahme unterbunden werden. Ein weiterer Gesichtspunkt liegt darin, dass man versucht, die ›Bürokratie‹ in einem Staat als große finanzielle Belastung (als Moloch) für die Bürger darzustellen, weil alle Bürger diese öffentliche Leistung in Form von Steuern bezahlen, egal ob sie sie nutzen oder nicht.«

»Das steht doch in einem glatten Gegensatz zur Realität! Wenn ich mir die großen privatwirtschaftlichen Konzernbürokratien anschaue, dann bin ich immer wieder froh, wenn ich es nur mit meiner Kommune zu tun habe. Das Argument greift doch wohl völlig daneben. Heute verwenden alle staatlichen Stellen EDV und haben, um die Verarbeitung ihrer Sachverhalte richtig vornehmen zu können, eine Prozessanalyse durchlaufen, die mit derjenigen prinzipiell identisch ist, die auch bei Siemens, Bosch, VW und Schenker üblich ist. Warum sollte die Bürokratie der öffentlichen Stellen dann schlechter sein als die der angeführten privatwirtschaftlichen Konzerne?«

»Im Hintergrund steht dann weiter die Auffassung, dass das Geld, das wir dem Staat über Steuern zur Aufgabenbewältigung überlassen, aufgrund der politischen Interessenlage fehlgeleitet wird. Die politische Interessenlage würde viel besser durch den Markt ersetzt. Er wisse viel besser als die demokratisch Gewählten, was Not tut. Das Privatisierungsanliegen ist also ein anderes Wort für das Ziel, wo immer möglich, alles und jedes einem Markt(mechanismus) zu unterwerfen. In letzter Konsequenz ersetzt nach liberaler Vorstellung der Markt auch unsere demokratische Regierungsform.«

»Was aber keiner sagt: dass zu einem Markt nur Zutritt erhält, wer über das dort übliche Schmiermittel – über Geld – verfügt. Wer über kein Geld verfügt, kann am Marktgeschehen nicht teilnehmen. Er existiert nicht, und da er nicht existiert, hat er folglich auch keine Rechte.«

»Bisher haben wir uns nur über die Privatisierung unterhalten. Was ist nun mit der Deregulierung?«

»Vor der Deregulierung steht ja immer ein Zustand der Regulierung, sonst gibt es keine Deregulierung. Reguliert wird in aller Regel der Markt, weil es sich als sinnvoll erwiesen hat, den durch schieren Egoismus getriebenen Markt in enge Bahnen zu zwingen, in denen die Nachteile dieser Marktorientierung nicht ganz so verheerend durchschlagen. Da der Markt weder Verlässlichkeit, Vertrauen, Loyalität oder gar Gerechtigkeit kennt, müssen diese Gesichtspunkte durch Regulierungen hinzugefügt werden. Wie das sinnvoll geschehen kann, darüber lässt sich prächtig streiten. Aber die Tatsache, dass derartige Regulierungen getroffen werden müssen, steht insbesondere nach der Finanzkrise 2008 ff. wohl nicht mehr in Frage. Trotzdem wird dieses Erfordernis von der neoliberalen Fraktion bestritten und einer weiteren Deregulierung das Wort geredet. Begründet wird diese Haltung damit, dass insbesondere der Begriff ›Gerechtigkeit‹ im Neoliberalismus vom Markt her entwickelt wird. Alles, was ein gut funktionierender Markt hervorbringt, müsste demnach ›gerecht‹ sein. Bei dieser Argumentation wird allerdings übersehen, dass sie von dem relativ vollkommenen Markt der Theorie ausgeht; in diesem wird sich jedoch kein Unternehmer bewegen wollen, weil hier keine Chancen auf ›Gewinnmaximierung‹ bestehen. Die Margen vollkommener Märkte gehen gegen Null. Das Ganze ist ein Widerspruch in sich selbst. Es wird vom Markt gesprochen, aber diejenigen, die Markt betreiben sollen, haben völlig andere Interessen. Es kommt mir manchmal vor wie im Sozialismus: Hier war der Mensch die Schwachstelle – den sozialistischen Menschen gibt es nicht. Warum soll es dann einen Menschen geben, der sich ausschließlich marktorientiert verhält? Wiederholen wir nicht den Fehler des Sozialismus mit anderem Vorzeichen?«

Neoliberalismus

»Ein weiterer Aspekt liegt darin, dass bei Privatisierungen zu beobachten ist, dass ehemals öffentliche Güter in ›private‹ überführt werden, das heißt: Wenn vorher die Anforderungen der Öffentlichkeit in Bezug auf die Qualität ein Rolle spielen, spielen nach der Privatisierung nur noch jene Qualitätsanforderungen eine Rolle, die der ›Markt‹ verlangt und die der private Unternehmer kostenmäßig zu tragen bereit ist. Meist ist dabei folgendes festzustellen: Das Gut wird in der Regel teurer und qualitativ schlechter. Es wird teurer, weil es nicht mehr von einer an der Kostendeckung orientierten Verwaltung erbracht wird, sondern dem Privatanbieter neben den Kosten auch noch einen Gewinn einspielen soll. Die Qualität wird deshalb regelmäßig schlechter, weil das Gut komodifiziert wird, das heißt: Das ehemals öffentlich kontrollierte Gut wird nun als Massengut eines anonymen Marktes verstanden und auch so behandelt und angeboten und nur zu *der* Qualität bereitgestellt, die dem Unternehmer die geringsten Kosten verursacht und den größten Umsatz verspricht. Der Abnehmer des ehemals öffentlichen Gutes ist nicht mehr der Bürger, sondern der Verbraucher. Die Stellung verändert sich radikal. Es wird ein ›Markt‹ unterstellt, wo meist kein Markt ist, sondern ein Monopol. Dann lieber ein Monopol der politisch kontrollierten Exekutive als ein wirtschaftlich orientiertes Monopol!«

»Diese Aussagen habe ich auch von vielen Seiten gehört. Jetzt weiß ich wenigstens, warum die meisten der mir bekannten Fälle einen unglücklichen Verlauf nehmen.«

»Nun ist es nicht so, dass es nur öffentliche und private Güter gibt. Ein ganz wichtiger Hinweis betrifft die ›Gemeingüter‹. Das können öffentliche Güter sein, es können aber auch Leistungen sein, die wir noch gar nicht als Güter bewerten, die wir aber ständig nutzen: Luft zum Beispiel. Luft ist ein Gemeingut. Wenn wir es einem Menschen vorenthalten, weil wir Luft privatisieren wollen, so könnte es dazu führen, dass die kriminelle Forderung: ›Geld oder Leben‹ eine völlig neue Dimension erhält. Das Gemeingut ›Wasser‹ ist leider auf dem besten Weg, sich EU-weit in Richtung Privatisierung zu entwickeln.«

»Privatisierung baut auf *Eigentum* auf. Eigentum ist das Recht, andere legal von der Nutzung eines Gutes auszuschließen. Mit fortschreitender Privatisierung werden immer mehr Güter anderen Menschen vorenthalten. Für die Nutzung des ehemaligen Gemeingutes muss jetzt bezahlt werden. Das ehemalige Gemeingut, das eigentlich allen gehört, eignet sich der Privatunternehmer an. Da das Gemeingut keinen Markt und in der Regel auch keinen Fürsprecher hat, nimmt der Unternehmer es meist ohne ausreichende reale Gegenleistung in Besitz, um es dann durch die Aneignung und Vorenthaltung der Nutzung (Privatisierung) künstlich zu verknappen. Aus einem ehemals kostenfreien, für jedermann verfügbaren Gut wird ein kostenpflichtiges. Privatisierung bedeutet immer, dass in dem Prozess der Herstellung bis zum Verbrauch irgend jemand die Hand aufhält und Geld abgreift. Wenn nun die Privatisierung wirklich zu einem gesellschaftlichen Kostenvorteil werden soll, muss der privatwirtschaftliche Prozess ein Effizienzpotential ausschöpfen, das in der Regel gar nicht zur Verfügung steht oder dessen Wahrnehmung einen solchen Kostenblock produziert würde, dass die Privatisierung keine unternehmerischen Vorteile mehr bereitstellt. War das Gemeingut für alle da, wird das Privatgut mit einem Preis versehen und nur gegen Geld abgegeben. Diejenigen, denen das Geld fehlt, werden ausgeschlossen.«

»Es gibt noch einen Aspekt, warum die Privatisierung um sich greift. Wir können feststellen, dass das Wachstum in den letzten Jahrzehnten in Europa zurückgeht. Als Folge ist die Politik sehr daran interessiert, Wachstumszahlen als Beweis ihres Regierungserfolges vorweisen zu können. Wenn also Bereiche, die bisher im Rahmen öffentlicher Versorgungen auf Kostendeckungsbasis abgewickelt wurden, privatisiert werden, gewinnt der Markt neue Felder, auf denen er (Schein-)Wachstum produzieren kann. Das Problem liegt dann darin, dass die Vorgehensweise für die Gesellschaft ohne erkennbaren Vorteil ist.«

»Ein weiterer Aspekt, der als ein wesentlicher Teil der neoliberalen Idee angesehen und regelmäßig vorgebracht wird, ist die Forderung nach einer *Flexibilisierung des Arbeitsmarktes*. Die Formulierung klingt ganz harmlos, hat aber ihre Tücken. Es ist verständlich, dass Unternehmen, denen der Markt oft große Flexibilität abverlangt, daran Interesse haben, diese Flexibilität auch auf einen bisher weitgehend regulierten Markt zu übertragen, den wir als Arbeitsmarkt betrachten. Meist wird aber die Flexibilisierung (flüchtig) so gelesen, dass es als Flexibilisierung der Arbeit verstanden wird oder werden kann. Wo liegen hier nun die Unterschiede?«

»Stellen wir doch gegenüber: ›Flexibilisierung des Arbeitsmarktes‹ und ›Flexibilisierung der Arbeit‹ klingt doch ziemlich ähnlich, meint aber völlig verschiedene Aspekte. Der Begriff ›Arbeitsmarkt‹ hat eine Erleichterung für die Unternehmen im Gepäck, und der Begriff ›Arbeit‹ zielt auf eine zeitlich flexiblere Arbeitsverteilung für die Beschäftigten. Ich bin mir nicht sicher, aber der Begriff der Flexibilisierung der Arbeit erscheint mir eine relativ alte Forderung der Gewerkschaften zu sein und hat mit neoliberalen Zielsetzungen wenig bis nichts zu tun. Der geschickt gewählte, aber in seiner Bedeutung entgegengesetzte Begriff der Flexibilisierung des Arbeitsmarktes hat eine völlig andere Zielsetzung. Er ist auf eine Deregulierung des Arbeitsmarktes gerichtet. Es sollen Arbeitsverhältnisse zugelassen werden, die dem Unternehmen nützen, um flexiblere Kostenstrukturen aufzubauen, mit anderen Worten: Abbau von Kündigungsschutzvorschriften, Kündigung von Flächentarifverträgen, Einführung von Leiharbeit, Zulassung von Minijobs und von befristeten Verträgen.«

»Die Perspektive verändert sich dabei vom Beschäftigten und seinen ausgehandelten Rechten hin zum Markt, der den Beschäftigten wie ein Massengut behandelt und ihn unter das simple Postulat der Kostenreduktion einreiht. Was ist die Folge? Die Kosten für Personal sinken in jenen Bereichen, in denen sich die oben genannten Maßnahmen am besten durchführen lassen – im unteren Beschäftigungssegment und bei den Berufsanfängern, die jetzt häufiger als zuvor über befristete Verträge hingehalten werden. Aber insgesamt habe ich nicht den Eindruck, dass die Maßnahme wirklich Lohnkosten gesenkt hat – was am unteren Ende der Einkommenspyramide eingespart wurde, wurde in den oberen Etagen ausgegeben.«

»Lässt sich das darstellen?«

»Plausibel darstellen kann man das, aber eine unmittelbare Verknüpfung wird nicht zu finden sein. Seit der Jahrtausendwende sind die Reallöhne bis heute nachweislich gesunken, aber die Gehälter der Unternehmensleitungen sind stetig in ›erfreulichen‹ Schritten gewachsen. Reicht diese Überlegung für eine Darstellung?«

»Ja, klingt plausibel. Aber was ist mit der Abnahme der Arbeitslosenzahlen? Ist das real?«

»Ohne Frage ist das real, die Zahl der Arbeitslosen hat abgenommen. Aber das ist doch Zahlenfetischismus. Die Zahl hat abgenommen, aber zu welchen Bedingungen? Befristete Beschäftigung, damit die Flexibilität auch über den Zeitpunkt hinaus erhalten bleibt, für den sie vielleicht wirtschaftlich erforderlich war. Befristete Arbeitsverhältnisse sind ja grundsätzlich schief angelegt – es kann immer mit der Befristung gedroht oder mit der Aussicht auf Aufhebung der Befristung Wohlverhalten erzwungen werden. Es soll mir bitte keiner erzählen, dass diese Machtmittel nicht systematisch eingesetzt werden. Minijobs, von denen kein Beschäftigter wirklich leben kann, ohne dass er zu Lasten seiner Gesundheit (fehlende Erholphasen) mehrere Engagements kombiniert, sind auch nur eine sehr einseitige Lösung zugunsten der Unternehmen. Was auf die Gesellschaft in zwanzig oder dreißig Jahren als Altersarmutslasten zukommt, haben die Unternehmen heute schon privatisiert.«

»Leiharbeit wird ähnlich verwendet: Die Kündigung wird mit dem Wegfall des Arbeitsplatzes begründet, die Neueinstellung der identischen Person als Leiharbeiter mit 20 Prozent weniger erfolgt dann auf den Arbeitsplatz nebenan, weil die Einstellung für den gleichen Arbeitsplatz den Kündigungsgrund als vorgeschoben entlarven würde. Der Schritt ist wieder ein Schritt zur Verlängerung der Wertschöpfungskette, die die Eigenschaft haben muss, dass es am Ende nicht teurer sein darf, weil der, der die Leiharbeit vermittelt und organisiert, doch auch nicht nur Geld drehen will.«

»Dazwischen wird durch rechtlich Erleichterungen bewusst ein Dienstleistungsmarkt geschaffen, dessen ›Erzeugnisse‹, genau besehen, niemand braucht – aber er wird dazwischengeschoben, um das zu realisieren, was man Flexibilität nennt. Ein guter Teil dieser ›Leiharbeits-Industrie‹ lebt doch nicht von ihrem echten und notwendigen Mehrwert, sondern nur davon, dass die Politik künstlich einen Markt geschaffen hat, der im Prinzip überflüssig ist, aber nie mehr aufgehoben werden kann, weil es dann ja wieder heißt, es würden Arbeitsplätze vernichtet. Je länger die Wertschöpfungskette wird, je mehr Stufen mit Gewinnerwartung eingeschoben werden, desto schlechter für die Ware Mensch, die weitgehend machtlos am Ende dieser Kette steht. Am oberen Ende der Kette steht der Auftraggeber, der einen festen Arbeitsplatz in einen variablen Arbeitsplatz umwandeln möchte, es darf aber nicht mehr kosten, eher weniger. Dann wird auf jeder Stufe der Wertschöpfung abkassiert, und den letzten beißen die Hunde.«

»Hm, so habe ich das noch nie gesehen. Aber Du hast Recht, Deine Beschreibung trifft die Sache auf den Kopf. Und die Politik brüstet sich auch noch mit dieser Art der erreichten Flexibilisierung. Es fehlt dann nur noch das berühmte Wort ›alternativlos‹.«

»In diesem Zusammenhang fällt mir die neoliberale Aussage ein: ›Sozial ist, was Arbeit schafft‹ – ich glaube, dieses Totschlagargument hat im Wahlkampf 2005 eine Rolle gespielt, und die Aktion ›Initiative Neue Soziale Marktwirtschaft‹ hat diesen Spruch aufgegriffen und verbreitet. Wenn man sich diesen Spruch ein wenig intensiver ansieht, so stellt man dank einer kleinen Recherche im Internet fest, dass er wohl von Alfred Hugenberg (rechtskonservativer Verleger und Gesinnungsgenosse Hitlers) und seinen Druckerzeugnissen stammt.
Heute wie damals soll der Spruch dazu dienen, soziale Härte gegen Arbeitsplätze auszuspielen, obwohl hier kein wirtschaftlicher

Zusammenhang besteht, weil nicht klar ist, ob die jeweilige soziale Härte tatsächlich Arbeitsplätze schafft oder aber nur Geld in die Taschen einiger weniger spült.«

»Es kann durchaus sein, dass ein spezifisch definierter Abbau von bestimmten sozialen Vergünstigungen unter Umständen Arbeitsplätze schafft, wobei unklar bleibt, wie und wie viel und ob das Verhältnis von Kosten und Nutzen die Sache Wert sein könnte. Daraus eine Art Glaubenssatz zu formulieren, ist ein starkes Stück und sollte eigentlich in die Kategorie ›Volksverdummung‹ eingestuft werden.«

»Hast Du nicht etwas Erfreulicheres zu berichten. Das macht einen ja depressiv oder wütend, je nach Naturell.«

»Das ganze Thema ›Neoliberalismus‹ ist durchweg frustrierend, es sei denn, Du bist derjenige, der dadurch gewinnt bzw. seine Gewinnchance ausweiten kann. Also stehst Du nur auf der verkehrten Seite!«

»Da will ich aber bleiben. Es kann doch nicht angehen, dass ich die Augen vor solchen schleichenden Veränderungen verschließe, wenn es darum geht, wer sich welche Taschen füllt.«

»Da kommen wir doch gleich auf einen weiteren Begriff, den die neoliberale Politik gerne auf ihre Fahnen schreibt – es ist der Begriff des *Leistungsträgers*. Nur er darf, aufgrund seiner Leistung (die nicht weiter hinterfragt wird) eine führende Position, also Elite, beanspruchen. Wichtig ist, festzuhalten, dass Leistung nicht definiert wird – Leistung wird einfach unterstellt, wenn das Einkommen entsprechend hoch ist. Je höher das erzielte Einkommen, desto mehr Leistung wird stillschweigend unterstellt. Eine solche Verkürzung der Sachverhalte kann nur in einem marktradikalen Gehirn entstehen. Weil der Markt über Geld gesteuert wird, ist die Anhäufung von Geld in einer Hand demnach automatisch Leistung. Wenn mit Leistung nur noch das kumulierte Geld verstanden wird, so ist auch der erfolgreiche Betrüger ein Leistungsträger – das kann doch nicht das Ziel sein!«

Neoliberalismus

»›Leistungsträger‹ sind eigentlich Menschen, die durch ihrer Hände Arbeit zu ihrem Wohlstand gekommen sind, wenn sie nicht das ›Pech‹ hatten, zu erben oder noch schlimmer, durch staatliche Transferzahlungen ihr Vermögen zu vermehren. Letzteres ist ein Sachverhalt, der nicht gerne erwähnt wird. Transferzahlungen erhalten normalerweise nur Hartz IV-Empfänger. Sie müssen sich deshalb von manchen Medien als ›Sozialschmarotzer‹ klassifizieren lassen. Aber in den letzten 20 bis 30 Jahren haben die Regierungen unseres Landes ständig die steuerlichen Regeln verändert. Diese Veränderungen haben in erster Linie den Geldbeutel der sogenannten ›Leistungsträger‹ geschont. Denken wir nur an die Herabsetzung der Steuersätze, Aussetzung der Vermögenssteuer, die Freistellung von Veräußerungsgewinnen, ... Nach den öffentlich zugänglichen Berechnungen wurden in diesen letzten 20 Jahren Steuervergünstigungen in mehrstelliger Milliardenhöhe an diese ›Leistungsträger‹ ausgekehrt bzw. der Staat hat auf wesentliche Steueranteile von deren Einkommen und Vermögen verzichtet. Für diese Teile am Vermögen haben die ›Leistungsträger‹ aber keine eigene Leistung erbracht; diese Vermögensmassen flossen ihnen durch Änderungen der Gesetzeslage als ›Transfereinkommen‹ zu bzw. wurden ihnen erst gar nicht abgezogen. So was nennt man in anderem Zusammenhang auch *windfall-profits*. Die Änderungen wurden nicht durch wirtschaftliche Notwendigkeiten ausgelöst, sondern durch erfolgreiche Lobby-Arbeit.«

»Jüngst gibt es einige Daten-CDs mit Informationen über Steuerhinterzieher, bei denen sich die Finanzverwaltung erhebliche Einnahmen verspricht. Deren Erwerb wird natürlich aus bestimmten Kreisen sofort als unrechtmäßig gegeißelt. Man muss sich schließlich alle Optionen offenhalten. Der kleine Mann kann keine nennenswerte Steuerhinterziehung begehen, der Hartz IV-Empfänger gleich gar nicht. Die Informationen auf den CDs müssen also alle so genannte ›Leistungsträger‹ betreffen. Jetzt haben sie in den letzten 30 Jahren schon in großem Umfang durch die Steuerrechtsänderungen große legale Vorteile erhalten – nun müssen sie auch noch Steuern hinterziehen. Tolle Leistungsträger – das sind Vorbilder, auf die man bauen sollte! Oder verstehe ich wieder mal die Welt nicht richtig?«

»Uii, bist Du spitz und ungnädig, aber mir geht es genauso. Da geht einem das Messer in der Tasche auf. Manche kriegen den Hals einfach nicht voll.«

»Es gibt noch eine Beobachtung, die vielfach mit dem Neoliberalismus in Verbindung gebracht wird, die aber meines Erachtens nicht zum eigentlichen Konzept gehört, jedoch gerne durch die Akteure in Anspruch genommen wird. Der Grundsatz lautet: *Gewinne privatisieren und Verluste sozialisieren.* Was heißt das konkret: Entstehende Gewinne aus Geschäften werden den jeweiligen privat handelnden Akteuren zugeschrieben, die Verluste aus Geschäften trägt die Allgemeinheit.«

»Es ist nicht zu bestreiten, dass dieses Vorgehen insbesondere in den Krisen der letzten Jahre systematisch beobachtet wurde. Aber wieso ist das möglich? Jedes Geschäft, das ein Unternehmen anstößt, ist mit Risiken verbunden. Aus diesem Grunde billigt man demjenigen, der etwas unternimmt, auch beim Einkommen eine sogenannte Risikoprämie zu, unter der Voraussetzung, dass dann, wenn das Risiko zum Tragen kommt, der, der das Geschäft unternommen hat, auch für die Verluste geradesteht.«

»Es gibt aber offensichtlich Geschäfte, die man so eingehen kann, dass im Falle eines Gewinns der Unternehmer die Prämie einstreicht und im Falle des Verlustes er nicht mehr zu greifen ist. Im kleinen Rahmen nennen wir so etwas Betrug. Wir machen in der Regel den Betrüger haftbar. Das nützt dann meist finanziell nicht mehr viel, aber es wird deutlich, dass dieses Verhalten in einer selbstbewussten Gesellschaft nicht toleriert wird.«

»Um einen Betrüger als solchen bezeichnen zu können, müssen aber gesetzliche Regelungen bestehen, die er verletzt hat. Wenn aber nun Deregulierung propagiert werden, werden ja gerade lästige gesetzliche Regelungen oft sehr unsystematisch aufgehoben, um dem ›Geschäft‹ eine größere Chance zu geben. Wenn diese Deregulierungen jetzt Raum schaffen, zwar Geschäfte anzubahnen und abzuschließen, die Risikoverantwortlichkeit aber nicht im gleichen Maße neu geregelt wird, kommt es zu einem Auseinanderklaffen von Chance und Risiko. Die Chance will jeder nutzen, das Risiko sollen andere tragen. Dann sind wir aber schon bei dem Grundsatz: ›Gewinne privatisieren und Verluste sozialisieren‹.«

»Immer dann, wenn die Deregulierung ein Feld frei gibt, ergeben sich Chancen für den cleveren Kaufmann. Meist kann sich der Deregulierer gar nicht vorstellen, wie clever die Akteure sein können, und vergisst sicherzustellen, dass auch das Risiko bei den Akteuren bleibt. Ich denke, das ist eines der Grundprobleme, warum wir uns seit 2008 in einer permanenten Krise befinden. Ausgelöst durch die Deregulierung, entstand eine völlige Schieflage zwischen Geschäftserfolg und dem damit verbundenem Risiko. Der Ballon wurde immer größer und ist letztlich geplatzt. Die Politik und auch die Akteure sind ganz erstaunt, dass ihre tollen Deregulierungen zu einem solchen Scherbenhaufen geführt haben. Da die Bankenlandschaft insgesamt ihre Handlungsunfähigkeit bewies, hat sie sich auf ›too big to fail‹ zurückgezogen und sich durch die Politik retten lassen.«

»Die Politik hatte die Deregulierungen blauäugig eingeführt, der Steuerzahler darf es jetzt richten. Interessant ist dabei, dass die Bankenrettung, die schon vor 2008 bei einer Reihe von Instituten notwendig war (aber nicht öffentlich gemacht wurde, um das ›Vertrauen‹ in den Markt nicht zu beeinträchtigen), viele Nationen so traf, dass sie ihre Verschuldung drastisch erhöhen mussten. Daraus macht dann die neoliberale Sichtweise sofort und prompt eine Staatsschuldenkrise, nach der alten Devise, immer von der eigenen Schuld abzulenken. Einige Bankenvertreter können die Schuld nicht bei den Banken sehen, sondern sehen sie bei der Politik, die den Banken durch die Deregulierung ja ein weites Betätigungsfeld eröffnete, ohne in dieses Geschäftsfeld die notwendigen ›Korsettstangen‹ einzuziehen. Die Banken handeln nach der Devise: Mit dem Bankengeschäft machen wir doch ›God's business‹, wir können gar nicht anders!«

Das perfide Argument ist schwer nachvollziehbar, macht aber deutlich, auf welcher Wolke der Selbstbeweihräucherung dieser Klüngel schwebt und welchem Lobby-Einfluss die Politik hinsichtlich Deregulierungen ausgesetzt ist. Der Lobbyist vertritt aber nur seinen Auftrag – und seinen Geldgeber, und er hat in keinem Fall das Gemeinwohl im Auge. Er wird also den Wirkungen der geplanten Deregulierung in den rosigsten Farben das Wort reden, aber keinesfalls die verheerenden Folgen dieses Schrittes für die Allgemeinheit oder das Gemeinwohl erwähnen. Er beruft sich vermutlich auf die besagte ›unsichtbare Hand‹ und ihre Wohltaten und meint, alles, was er für seinen Auftraggeber einseitig durchsetzt, werde ja durch diese berühmte ›Hand‹ in Wohlstand umgewandelt.

Lobbyismus

»Wenn Lobbyismus solche Folgen haben kann, warum verbietet man ihn nicht? Oder lässt er sich nicht verbieten? Bis jetzt ist er öffentlich; aber nicht transparent. Wenn er verboten wird, wird er nicht-öffentlich und noch weniger transparent.«

»Ich denke, ein Verbot des Lobbyismus würde zum Rohrkrepierer. Besser ist es, die Lobbyisten zu einer vollständigen Offenlegung zu zwingen, damit immer klar ist, in welchem Interesse der Lobbyist gerade spricht. Lobbyismus war zu allen Zeiten ein Problem, und je mehr er im Verdeckten arbeiten kann, desto gefährlicher ist er. Aber nicht nur die Offenlegung sollte stattfinden, auch eine Beschränkung des Mandats. Jeder Lobbyist vertritt mehrere Interessengruppen, und wenn er sein Geschäft richtig versteht, kann man nicht auf der einen Seite für weniger Deklaration bei Nahrungsmitteln plädieren und einen Atemzug später sich z.B. für ›Bio‹ einsetzen. Nach meiner Erfahrung mit dieser Klientel eignet sich der Profi-Lobbyist nicht als Allzweckwaffe – also als eine Person, die die Gesinnung und die Argumente je nach Auftraggeber wechselt wie schmutzige Wäsche. Das funktioniert nicht, weil die Netzwerke ja nicht nur durch Nützlichkeit geprägt sind, sondern auch durch so etwas wie persönliche Beziehungen. Damit kommt die Glaubwürdigkeit ins Spiel. Wenn die Einflussnahmeversuche durch eine Person täglich durch andere Argumente unterstützt werden, leidet die Beziehung und das Vertrauen. Damit schneidet sich der Lobbyist ins eigene Fleisch.«

»Mir ist dieser Lobbyismus so was von ärgerlich. Ich sehe diese Leute eigentlich auf einer Stufe mit Betrügern.«

»Da gehst Du zu weit. Wie bei jeder Aufgabenerfüllung gibt es seriöse und unseriöse Praktiken, aber ich gebe Dir Recht, dass die Einseitigkeit der Argumente solcher Leute mir schon suspekt ist. Wie kann man mit sich und der Welt im Reinen sein, wenn man immer nur einseitige, egoistische oder ideologische Argumente vorbringt und vertritt? Diese Leute müssen doch auch erkennen, welche teilweise verheerenden Folgen ihre Einseitigkeit hat.«

»Schlimm wird der Lobbyismus aber dann, wenn nach dem merkwürdigen Staatsverständnis einiger Zeitgenossen der Staatsapparat immer kleiner werden soll, die Regierenden sich auf dieses Argument der Reduzierung einlassen und dann, wenn es erforderlich ist, Sachkenntnis im eigenen Hause vorzuhalten, passen müssen, weil die durchgeführten Budgetkürzungen keine eigene hausinterne Expertise mehr zulassen. Stattdessen wird dann Expertise von außen herangetragen und von der Politik genutzt. Zwar wird hoffentlich diese Expertise von der Politik (und nicht vom Lobbyisten) bezahlt, aber es ist nicht auszuschließen, dass hierdurch der geistigen und finanziellen Korruption Tor und Tür geöffnet wird. Die Frage, ob sich die Exekutive noch eine eigene Meinung leisten kann, ist durchaus berechtigt. Wenn sich die Exekutive aus Personalmangel schon keine eigene Meinung mehr bilden kann – woher sollte dann die Legislative eine haben, ohne auf Lobbyisten zugreifen zu müssen? Die Abhängigkeit der Politik ist dann nur eine Frage der Zeit.«

Der Finanzmarkt

»Ich bin hin und wieder am sogenannten Finanzmarkt engagiert, indem ich versuche, aus meinen Ersparnissen ein paar Vorteile zu gewinnen. Wenn ich ehrlich bin, bin ich dabei nicht sonderlich erfolgreich. Zudem habe ich den Eindruck, dass sich der Finanzmarkt in den letzten Jahrzehnten radikal verändert hat.«

»Das Schicksal, dass Du am Finanzmarkt nicht übermäßig erfolgreich bist, teilst Du nach meiner Erfahrung mit der Mehrheit der Anleger. Und auch die Veränderung des Marktes ist offensichtlich. Sie drückt sich auch darin aus, dass viele klassische Kapitalsammelstellen wie Versicherungsgesellschaften, Pensionsfonds und andere Einrichtungen langfristig ums Überleben kämpfen. Das Merkwürdige daran ist nur, dass die Politik dieser Klientel jüngst durch die Einführung von privatwirtschaftlichen Zusatzrenten zur Alterversorgung (Riester) einen riesigen zusätzlichen Markt eröffnet hat. Doch gerade dieser Markt bröckelt, und die einzigen, die jetzt noch Geld dabei verdienen, sind die Vermittler, die ihr Geld heute für ein vermitteltes Produkt bekommen, dessen Rentabilität sich hoffentlich in zwanzig oder dreißig Jahren erweisen wird. Aus heutiger Sicht wird die Rentabilität (ohne Einrechnung staatliche Zuschüsse) eher bei Null liegen.«

»Warum bist Du hier so pessimistisch? Es wurde doch von der Politik besonders darauf hingewiesen, dass nur ein privatwirtschaftlicher Ansatz die Renditen vermitteln kann, die notwendig sind, um das Projekt der zusätzlichen Alterversorgung zu einem Erfolg werden zu lassen.«

»Die Entscheidung über diese Art von Altersversorgung fiel vor etwas mehr als zehn Jahren. Schon damals waren die Gewinnzuweisungen der Lebensversicherer seit Jahren rückläufig. Die Politik hat hier in ihrer Marktgläubigkeit ein Fass ohne Boden aufgemacht. Auf der einen Seite sollte diesem Rentenkonzept ein privatwirtschaftlicher Anstrich vermittelt werden. Damit war

Der Finanzmarkt

sichergestellt, dass zumindest der Vertrieb für Finanzprodukte, die sogenannten Finanzdienstleister, ein paar Jahre ein erkleckliches Zubrot an einer Sache verdienen, deren Erfolg angesichts der Marktlage eher negativ zu beurteilen war. Da man der privatwirtschaftlichen Ertragskomponente wohl nicht traute, hat man die Ertragsfähigkeit durch Subventionszuschüsse halbwegs sichergestellt. Es ist immer wieder die gleiche Frage: Warum sollen mehrstufige Wertschöpfungsketten für den Endverbraucher (den künftigen Rentner) besser sein als eine direkte staatliche Intervention? Auf jeder Wertschöpfungsstufe hält einer die Hand auf, verdient dabei, um dann ein ›totgeborenes‹ Kind mit den Worten weiterzureichen, ›Seht her, es lebt, ihr müsst nur fest dran glauben!‹«

»Jetzt mal im Ernst – was habe ich falsch gemacht, dass ich für meinen Teil vom Finanzmarkt keine Erfolgsgeschichte zu berichten weiß? Gibt es da jetzt andere Gesetzmäßigkeiten – oder sind die Erfolgsgeschichten jener, die behaupten, ein Vermögen am Finanzmarkt erzielt zu haben, gar nicht wahr?«

»Die Wahrheit wird wahrscheinlich irgendwo in der Mitte liegen. Es gibt eine menschliche Eigenschaft, die einen Misserfolg gerne verdrängt bzw. versucht, ihn mit skurrilen Aussagen in einen Erfolg umzumünzen. Es muss jedem Teilnehmer am Finanzmarkt klar sein, dass der berichtenswerte Erfolg der Wenigen im Wesentlichen durch den Verlust der Vielen erzielt wird. Es gibt Stimmen, die vehement darauf hinweisen, dass, ähnlich wie das bei der Realwirtschaft behauptet wird, die steigende ›Flut‹ eines wachsenden Marktes auch jene hebt und beglückt, die eigentlich die Verlierer sind. Sie werden auf diese Weise zu marginalen Gewinnern stilisiert. Die Wirkung auf die marginalen Gewinner, die mit diesem Bild verbunden wird, lässt sich theoretisch nicht ausschließen, aber die Gewinner in diesem Spiel benutzten die Geschichte von der steigenden Flut natürlich, um den ›Verlierern‹ ihren Verlust schmackhaft zu machen und sie auf die nächste ›Flut‹ zu vertrösten, denn die Gewinner benötigen die Vielzahl der Verlierer, um für sich Gewinnchancen zu eröffnen.«

»So wie Du das ausdrückst, muss man den Finanzmarkt oder im engeren Sinne den Börsenmarkt als Nullsummenspiel ansehen, das heißt: Des einen Gewinn ist des anderen Verlust?«

»Das ist im Prinzip richtig, die vielen Verlierer füttern die wenigen Gewinner. Hinzu kommt noch der besagte ›Flut‹-Effekt, der die Verhältnisse je nach Situation etwas ausgleicht. Wenn man aber mit Anlegern spricht, so sind sie alle Sieger. Das kann jedoch nicht sein – das wünschen sich zwar alle, aber realistischerweise ist der Kreis der Sieger immer nur klein. Wenn alle gewinnen, müssen die Gewinne zahllosen Anlegern zugute kommen – da ist der einzelne Gewinn so minimal, das würde der Anleger doch gar nicht merken, also wird auch nicht darüber berichtet. Die Berichterstattung fokussiert sich auf die großen Gewinner oder auf große Verluste, wobei die Gewinner immer wieder herausgestellt werden und über ihre Erfolge in den schönsten Farben berichtet wird. Große Verluste kennen in der Regel kein Gesicht – Verlust macht doch nur der ›Looser‹, aber er ist regelmäßig in der Mehrzahl, die still vor sich hin leidet und nicht darüber reden darf. Man kann im Finanzmarkt alles richtig machen, und man wird trotzdem kein Champion.«

»Börsen sind Spielplätze. Kann man davon ausgehen, dass auch die ›Verlierer‹ auf Dauer einen gewissen Gewinn erzielen?«

»Statistisch gesehen, wird von namhaften Professoren behauptet, die einzige Regelmäßigkeit, die im Aktienmarkt feststellbar sei, sei die Tatsache, dass der Markt auf lange Sicht im Durchschnitt etwa zwei bis drei Prozent wächst. Das ist die Beobachtung. Aber wie die Beobachtung sinnvoll begründbar wäre, ist nicht ganz klar. Insbesondere die gegenwärtig genutzte Möglichkeit, Geld in nie gekannten Mengen zu drucken, um damit den Absturz des Systems hinauszuzögern, hat erheblichen Einfluss auf die Liquidität des Marktes. Eine Blasenbildung ist dabei nicht auszuschließen, weil die Menge des Geldes, das nach Anlage verlangt, ständig steigt. Die Zahl der seriösen Anlagen kann naturgemäß nicht mithalten. Also werden Phantasieprodukte angeboten und gehandelt, die in der Regel einer Risikoklasse zugehören, die in normalen Zeiten keinen seriösen Anleger interessiert.«

»Das würde unter anderem ganz gut beschreiben, warum die Krise so verheerende Folgen hat.«

»Märkte sind von Natur aus schon immer Massenveranstaltungen gewesen. Die Masse ist immer die Voraussetzung dafür, dass einige wenige ein außergewöhnliches Geschäft machen können. Die Vielen, die wie eine gesichtslose Herde ihre kleinen Beiträge in den Markt stecken, machen es erst möglich, dass die Wenigen sich bereichern können. Wären die Wenigen ganz unter sich, so würden sie sich nur belauern, ohne zum Zuge zu kommen. Mit anderen Worten: Die Wenigen brauchen notwendig die Vielen, um ihre Geschäfte zu machen bzw. Erfolge zu erzielen. Dabei verstehen es die Wenigen außerordentlich geschickt, die relativ phantasielose ›Herde‹ derer, die auch dabei sein wollen, zu ›melken‹. Geschickt sind sie deshalb, weil sie meistens im Rahmen der Gesetze bleiben und die Gier der Massen nutzen, denen vorgegaukelt wird, jeder habe eine reelle Chance, zu den Wenigen zu gehören. Es ist wie Lotto spielen.
Börse hat nichts Systematisches. Große statistische Untersuchungen haben gezeigt, dass Börse keinen Trend kennt – alles ist zufällig, und damit sind auch nahezu alle Methoden, Börsenentwicklungen vorherzubestimmen, zum Scheitern verurteilt.«

»In der Vergangenheit unterschied man zwischen einer Fundamental-Analyse und der Charttechnik. Die Vertreter beider Methoden glauben, eine hinreichend valide Aussage über die künftige Entwicklung der Kurse machen zu können. Die Fundamental-Analyse stützte sich auf ökonomische Zusammenhänge und leitete die angeblich herausragende Eigenschaft einer Aktie aus den zugrunde liegenden wirtschaftlich nachvollziehbaren Grundlagen des jeweiligen Unternehmens ab. Gute fundamentale Daten sind aber keine Gewähr auf einen vorteilhaften Kursverlauf. Es nützt nichts, wenn ich weiß, dass die Aktie eine ›Perle‹ ist. Wenn ich die Perle kaufe, dann darf ich nicht erwarten, dass deshalb der Kurs langfristig zunimmt. Was ist der Grund? Börseneffekte werden nur dann interessant, wenn viele zu einem bestimmten Zeitpunkt die gleiche Wahrnehmung haben und ein bestimmtes Papier erwerben oder verkaufen. Früher gab es deshalb die Börsendienste, um auf die Aktien aufmerksam zu machen. Das Ergebnis ›meiner‹ Fundamental-Analyse musste von anderen geteilt werden, also kommuniziert werden, und sich dann als interessant durchsetzen. In der Folge konnte man hoffen, dass die Aktien gekauft werden. Die zunehmende Nachfrage führt zu steigenden Kursen. Man merkt schon: Die ökonomische Analyse ist in gewissen Bandbreiten eine Voraussetzung, um grundsätzliches Interesse auszulösen, sie ist aber nicht ursächlich für die Nachfrage, weil eine gute Analyse ohne eine entsprechende kommunikative Vermittlung keine Wirkung zeigt.«

»Genau! Was haben wir uns mit fundamentalen Daten beschäftigt: gerechnet, verglichen, identifiziert, hochgerechnet und dann eine nach allen Regeln der Kunst optimale Entscheidung getroffen und gekauft – und nichts ist passiert!«

»Ist doch klar! Das kenne ich auch. Ich habe zwanzig Jahre lang Anteile an einer riesigen Zementfabrik im Vorderen Orient mit der Überlegung gehalten, dass die dortigen Wiederaufbauanstrengungen enorm sind und dass diese Entwicklung für meine Zementfabrik ein Umfeld schafft, indem man nur gewinnen kann. Außer ein paar netten Dividenden habe ich weder eine Kursteigerung noch einen guten Verkaufspreis erzielen können. Es fehlte das Interesse des Marktes, weil kein Börsenbrief mehr diese Fabrik auf seinen Radar nahm.«

»Die fundamentale Analyse ist widersprüchlich – alle ökonomischen Aussagen sind kurzfristig angelegt, aber bei der Fundamentalanalyse wird aufgrund kurzfristiger Aussagen eine langfristige Erwartungshaltung eingenommen. Es bleibt festzuhalten: Diese Methode ist eine Methode für eine andere Art von Wirtschaft. Vielleicht spiegelte sie recht gut die deutlich ruhigere Entwicklung des vorigen Jahrhunderts wieder, als wir noch von Kapitalismus sprechen konnten, weil Kapital knapp war – heute, in einer Zeit, in der Schulden kein Makel mehr sind, in der die Märkte mit Liquidität überschwemmt werden, in der es relativ einfach ist, an Kapital zu kommen – also im Zeitalter des Kreditismus – passt diese Form der Analyse nicht mehr zu den Rahmenbedingungen und zu der Transaktionsgeschwindigkeit, die in diesen Märkten üblich geworden sind.«

»Es gibt noch einen zweiten Ansatz, die künftige Entwicklung von Börsenkursen beurteilen zu wollen: die technische Analyse. Die Grundlagen sind sehr pragmatisch und ohne jeden wissenschaftlichen Anspruch. Man glaubte, aus gewissen Kursverläufen der Vergangenheit (sogenannten ›Bildern‹) künftige Entwicklungen von Kursverläufen prognostizieren zu können. Eine Begründung gibt es nicht. Das ist wie Astrologie, nur sehr diesseitig in der Wirkung. Aber die Vertreter der Methode hatten dennoch eine Kernerfahrung richtig interpretiert. Nicht der fundamentale Aspekt bestimmt den Wert einer Aktie, sondern die Masse der Käufer und ihr Verhalten bestimmen, was in nächster Zukunft wahrscheinlich ist. Dank der Einführung der Computer sind die Kurse nahezu ›realtime‹ und entsprechende Analysen zum jeweiligen Zeitpunkt sehr kurzfristig verfügbar. Kursentwicklungen reflektieren das Interesse der Anleger, und wenn wir oben festgestellt haben, dass eine fundamentale Erkenntnis bei Aktien nur so viel wert ist, als sie sich bei vielen gleich Interessierten durchsetzt, so wird hier ein weiterer Schritt vollzogen: Die Kursentwicklungen geben einen deutlichen Hinweis, worin die ›Herde‹ oder der ›Schwarm‹ der Anleger gerade ihr Heil sehen. Wichtig ist, festzustellen, dass die fundamentale Analyse eine ökonomisch-intellektuelle Haltung unterstellt, während wir jetzt den intellektuellen Anteil recht klein schreiben und dem emotionalen Treiben einer ›kopflosen‹, aber in ihrer Grundstimmung gierigen Masse – ausgerückt als Herde – großes Gewicht verleihen. Sogenannte Indikatoren helfen bei der Entscheidung über die Frage, wo und bei welchen Aktien gegenwärtig die ›Herde‹ sich aufhält und ›grast‹.«

»Ein Indikator trifft zum Beispiel eine Aussage, ob ein Börsenwert ›überverkauft‹ oder ›überkauft‹ ist. ›Überverkauft‹ heißt: Inzwischen hat sich ein großer Teil der Herde schon wieder von dieser Aktie getrennt. Der Kurs ist vermutlich gesunken und wieder auf einem interessanten Investitionsniveau. ›Überkauft‹ ist das Gegenteil: Ein relativ großer Anteil der ›Herde‹ hat sich inzwischen schon eingedeckt. Wer diese Aktie auch noch kauft, läuft Gefahr, dass er zu spät kommt, einen zu hohen Preis bezahlt und zudem das Risiko eingeht, dass die ›Herde‹ weiterzieht und damit beginnt, die Aktie wieder abzustoßen, mit der Folge, dass der Kurs sinkt. Es gibt im Rahmen der Chartanalyse eine ganze Reihe von Indikatoren, die alle keine Aussage über die künftige Entwicklung der Kurse ermöglichen, die aber ein ganze Menge über den Zustand der ›Herde‹ bei dieser Aktie zum betreffenden Zeitpunkt aussagen. Und darauf kann man sich einstellen und entsprechend seine persönlichen Schlüsse ziehen.«

»Was ist der Vorteil dieser Methode? Kann man damit sichere Aktientipps ermitteln?«

»Nein, das geht genausowenig wie mit den anderen Methoden – keine der Methoden kann in einem Markt, der keine statistisch relevanten Strukturen aufweist, Kursentwicklungen vorhersagen. Aber die oben beschriebene Methode versucht ja nicht, die Kursentwicklung abzubilden, sondern versucht, aus der manifesten Kursentwicklung heraus festzustellen, wo die kritische Masse (die Herde) sich aufhält und wie ihr Zustand des Handelns hinsichtlich des Börsenwertes einzuschätzen ist. Hat die Herde Interesse? Ist sie in Bezug auf den Wert schon gesättigt? Wie oft steigt der ›kleine Anleger‹ ein, wenn der Markt im Grunde vorbei ist und die Herde weiterzieht. Die Zeitungen berichten doch erst dann von großen Entwicklungen, wenn diese in aller Munde sind. Dann sind sie doch schon vorbei, und der Versuch, auf den Zug noch aufzuspringen, wird äußerst riskant.«

»Nach meinem Eindruck hat sich die Volatilität der Finanzmärkte deutlich erhöht. Worauf könnte man die Veränderung zurückführen?«

»Es gibt meines Erachtens mehrere Gesichtspunkte, die diesen Trend verstärken. Die Ausweitung der Liquidität spielt hier eine bedeutende Rolle. Die Politik hat feststellen müssen, dass Wachstum mit den früher üblichen Mitteln nicht mehr zu erzielen ist. Man überschwemmt deshalb die Finanzmärkte mit der Druckerpresse. Die damit in der Vergangenheit verbundene Inflation bleibt aus, weil die globale Überproduktion keine Preiserhöhung zulässt und deshalb das Schreckengespenst vorerst im Zaum gehalten werden kann. Die leichte Verfügbarkeit des Gelds geht einher mit einem Verfall der Zinsstrukturen. Waren in den 1990er Jahren noch Zinssätze von 3 bis 6 % üblich und durchzusetzen, so ist diese Möglichkeit heute verschlossen. Bei 0,8 % denkt keiner darüber nach, ob er Geld in Anleihen anlegen soll. Der Aktienmarkt ist gegenwärtig die einzige Alternative, um auf mittelfristige Sicht eine auskömmliche Rendite erzielen zu können. Also ist das Geld auf der Suche nach Anlage, es schreit förmlich danach, weshalb auch die Aktienmärkte heute ein Volumen aufweisen, von dem die Akteure der Aktienmärkte vor zwei Jahrzehnten nur träumen konnten. Viele ansonsten konservative Anleger gingen früher in Anleihen und waren mit der schon damals aufgrund der Inflationsgefahr sehr moderaten Nettorendite zufrieden. Diese Gelder werden nicht mehr in Anleihen angelegt, sondern teilweise dem Aktienmarkt zugeführt.«

»Ein weiterer Punkt ist das gestiegene Risikoniveau, das der Anleger erzwungenermaßen bereit sein muss zu akzeptieren. Teilweise kann man die Finanzkrise auch damit erklären, dass aufgrund der hohen Liquidität und des Abbaus von Zinseinkommens-Möglichkeiten zwangläufig die Risikobereitschaft gewachsen ist. Der Markt kann aufgrund seiner auf das Realgeschäft gegründeten Größe nicht alle Wünsche der nach Anlage suchenden Anleger befriedigen. Es werden deshalb neue Anlageformen entwickelt. Sie bieten neue Anlagemöglichkeiten, aber eben mit einem viel höheren Risiko. Wenn man das Karussell weiterdenkt, ist man in der Finanzkrise.«

»Ich habe in Fonds investiert, um mein Risiko zu streuen. Mit dem Ergebnis bin ich aber nicht sehr zufrieden. Woran könnte das liegen?«

»Das liegt möglicherweise an der Form, in die Du investiert hast. Es gibt eine große Vielfalt von Fonds, insbesondere Fonds für den kleinen Mann, so wie Du und ich. Für die Großanleger sind das Hedgefonds (Schattenbanken), die aufgrund ihrer Größe wie Banken agieren, aber bevorzugt in Steueroasen sitzen und keinerlei Regulierungen unterliegen. Aufgrund der fehlenden Regulierung sind diese Fonds wahrscheinlich im Durchschnitt erfolgreicher, aber sie bleiben für die vielen Normalbürger verschlossen. Gehen wir zurück zu den Fonds des kleinen Mannes: Die offenen Fonds sind staatlich reguliert und müssen in der Lage sein, jederzeit Anleger aufzunehmen und auch wieder ziehen zu lassen. Solche Fonds werden (mit geringen Einschränkungen) wie Aktien gehandelt. Der Gegenpol zu offenen Fonds sind geschlossene Fonds. Sie sammeln Geld z.B. für ein Schiff oder eine Immobilie, und der geschlossene Fonds wird in aller Regel in der Gesellschaftsform einer KG geführt. Geschlossene Fonds können aufgelegt werden, wenn das Investitionsobjekt identifiziert ist, es also klar ist, welches Objekt erworben wird bzw. welche Eigenschaften das Objekt ganz konkret hat. Eine davon abweichende Form ist dann gegeben, wenn das Investitionsobjekt des Fonds nur allgemein beschrieben wird und die Geschäftsleitung beauftragt wird, diese(s) Objekt(e) noch zu beschaffen. Regelmäßig werden dabei gewisse Kriterien vorgegeben, aber der Spielraum der Geschäftsleitung ist in aller Regel recht groß.«

»Hör' auf! Das verwirrt mich ja nur. Was ist das besondere Risiko bei Fonds?«

»Offene Fonds sind in aller Regel nicht riskanter als Aktien. Wenn das Ergebnis dem Anleger nicht passt, so kann er jederzeit – mög-

licherweise unter Verlust zumindest des Ausgabeaufschlags – aussteigen, und das Geld ist sofort frei verfügbar.
Schwieriger sind geschlossene Fonds zu beurteilen. Ein KG-Anteil ist nicht sonderlich fungibel; bei einem Verkauf ist man auf einen Zweitmarkt angewiesen, den es nicht für alle Arten von Geschäftsformen gibt. Geschlossene Fonds sind ein Kapitel für sich. Eine Anlage in einen geschlossenen Fonds bedeutet immer, dass ein Verlassen des Fonds nur dann möglich ist, wenn dafür ein anderer einsteigt. Manche geschlossenen Fonds lassen auch diese Form zumindest für die ersten Jahre nicht zu, um an der Eigenfinanzierung nicht dauernd Veränderungen vornehmen zu müssen.«

»Also man fährt ein recht hohes Risiko mit diesen geschlossen Fonds?«

»Ja! Das Risiko ist gegenüber einem offenen Fonds in doppelter Weise erhöht: Einmal ist die KG-Form nicht geeignet, in wirtschaftlich schwierigen Situationen schnelle und unbürokratische Handlungen zu ermöglichen. Es ist meist auch sehr schwirig, die Geschäftsführung zu ersetzen, egal wie erfolglos dieses Gremium ist. Wenn Du einsteigst, haben die Konzeptionäre alle Stellen durch – wie sie sagen – erfahrene Fondsmanager besetzt. Hier ist oftmals Vorsicht geboten. Nicht jeder geschasste Banker ist automatisch ein gewiefter Fondsmanager, eher das Gegenteil. Es ist immer wieder festzustellen, dass insbesondere dann, wenn die Banken Entlassungswellen zu verzeichnen haben, die Zahl der tollen neuen Fondskonzepte explodiert. Um das zu verstehen, muss man sich die Einkommensstrukturen von geschlossenen Fonds anschauen: Einer hat die Idee, dann braucht es einen, der die Idee in ein Konzept umsetzt, als nächstes wird das Konzept in eine Gesellschaftsform gegossen; es werden die künftigen Partner für Vertrieb, Geschäftsführung und Verwaltung gesucht und gefunden. Das Konzept mündet in eine Broschüre, die das Anlageziel des Fonds in höchsten Tönen beschreibt – und wenn es professionell gemacht wird (darauf achtet schon die Bundesanstalt für Finanzdienstleistungsaufsicht), steht irgendwo unter ›Chancen und Risiken‹ auch, dass ein Totalverlust nicht ausgeschlossen werden kann.

Damit ist der Freibrief für das Handeln des Managements erteilt. Jetzt wird vertrieben und eifrig Geld gesammelt. Damit das auch klappt, werden kräftige Provisionen gezahlt, die der Anleger in der Regel im Voraus berappt (er gibt z.B. 105 und erhält 100 als Anspruch aus der Beteiligung). Wenn es das Investitionsobjekt schon gibt (es muss nicht erst gesucht und gefunden werden), so beschränkt sich das Management auf den laufenden Betrieb.«

»Was ist, wenn das Investitionsobjekt erst noch geschaffen (z.B. gebaut) werden muss? Es gibt also eine Produktionsphase und eine Betriebsphase. Die Produktionsphase ist im Vergleich zur Betriebsphase meist hochkomplex und in der Regel sehr undurchschaubar. Es gibt zahllose Vertragsverhältnisse und verschlungene Wege, bis das Investitionsobjekt fertig ist. Hier hat das Management sich lediglich an die groben Vorgaben des Prospektes zu halten, und die sind in der Regel so gefasst, dass sie gut lesbar, aber nicht justitiabel sind.«

»Wir haben auf der einen Seite eine vollständig informierte, aktive und vernetzte Geschäftsführung – und auf der anderen Seite eine Anlegergruppe, meist Amateure, die keine einheitlichen Zielvorstellungen haben, sich wechselseitig nicht kennen und regelmäßig ›ruhig‹ gehalten werden. Etwas bessere Konzepte sehen einen Beirat vor, der durch ein Anlegervotum besetzt wird, dessen Wirksamkeit allerdings oft geringer ist, als die Bezeichnung des Gremiums erwarten lässt. Gewählt werden meist diejenigen, die im Vertrieb die Kontaktpersonen der Anleger waren. Kontrolle ist in diesen Gremien recht klein geschrieben, solange nicht offensichtlich gegen den Prospekt verstoßen wird, der Grundlage des Vertriebs war, egal ob der Prospekt nach fünf Jahren überhaupt noch eine wirtschaftlich sinnvolle Aussage darstellt.«

»Du stellst diesen Fonds aber kein gutes Zeugnis aus. Ist es wirklich so, wie Du behauptest? Der Anleger gibt im Grunde all seinen Einfluss mit Eintritt in den Fonds ab?«

»Richtig! Das ist wie bei der Aktiengesellschaft. Wer Anteile zeichnet, kann einmal im Jahr formal mitbestimmen, wer das

Unternehmen lenken soll. Wichtig ist: Der Anleger kann hierbei jederzeit die Anteile weiterverkaufen. Das ist bei einem geschlossenen Fonds nicht möglich. Das Geld, das in einen solchen Fonds einbezahlt wird, sollte mit der Investition gleich gedanklich abgeschrieben werden. Dann erlebt man keine negativen Überraschungen. Geschlossene Fonds gelten doch als Publikumsfonds, der Anleger ist dabei Teil einer ›Hammelherde‹, die zwar gierig ist, aber die Verantwortlichkeit, die mit einer Investition verbunden ist, nicht tragen will. Sie lässt handeln und überträgt die Führung dem Manager, den wir weiter oben schon einmal als ›Wirtschaftssöldner‹ gezeichnet haben. Da die Kontrolle wegen der Vielstimmigkeit der ›Hammelherde‹ minimal ist, sind die Söldner in einer sehr komfortablen Situation. Selbst wenn der Fonds den gewünschten Erfolg nicht erzielt, passiert in der Regel nichts, weil eine Änderung der Situation einen Beschluss mit einem hohen Quorum erfordert, um die Führung abzulösen bzw. gegebenenfalls auch zur Verantwortung zu ziehen. Selbst wenn in der ›Hammelherde‹ ein Beschluss zur Ablösung zustande kommen sollte, muss ein neuer Ersatz-Söldner gefunden werden, dessen Eigenschaften besser sind.«

»Kannst Du hier mal ein Beispiel bringen?«

»Sicher doch. Schiffsfonds, die gegenwärtig aufgrund der Überkapazitäten auf dem Chartermarkt mit großen Schwierigkeiten kämpfen, benötigen plötzlich nicht nur Verwaltung, sondern aktives Management. Reeder, die über ein breiteres Serviceangebot verfügen, klagen zwar über die schlechten Frachtraten, können aber das Problem durch Quersubvention auffangen. Dem Fonds sind derartige Alternativen verschlossen. Er muss liquidiert werden. Was da dann passiert, ist nicht nachvollziehbar, weil der Fonds ja nur auf die Schönwetterphase des problemlosen Chartergeschäfts ausgelegt ist. Hier muss gehandelt werden, und ich bin mir nicht sicher, ob dabei immer das Interesse der ›Hammelherde‹ im Vordergrund steht. Ähnlich war es mit der Neuauflage von Schiffsfonds in der Vergangenheit. Ein Schifffonds sollte im Laufe seiner Existenz etwa 8 Prozent p.a. Liquiditätsüberschüsse erwirtschaften. Diese stillschweigende Vereinbarung der Anlagebranche haben die meisten Fonds eingehalten, obwohl Schiffe zur damaligen Zeit durchaus in der Lage waren, 12 bis 14 Prozent Liquiditätsüberschuss zu erzielen, wenn man die Kosten realistisch so angesetzt hätte, wie es ein Reeder tun würde, der die Geschäfte auf eigene Rechnung durchführt.«

»Wo ist denn die Differenz geblieben?«

»In der Regel wurden die Kosten über Prozentwerte des Time-Charter-Umsatzes ermittelt, obwohl im internationalen Schiffsgeschäft deutlich niedrigere Verwaltungs- und Provisionsraten zu verzeichnen waren. Aber das hat die Anleger nicht gestört, solange bis in die neunziger Jahre des vorigen Jahrhunderts Steuereffekte erzielt werden konnten. Und allein dieser Sachverhalt löst bei vielen Anlegern schon Euphorie aus und hat dazu geführt, dass der wirtschaftliche Verstand komplett verloren ging. Mit dem Steuersparen hatte die Branche einen Nerv getroffen, der das Denken ausschaltet.«

»Gibt es noch ein Beispiel?«

»Gerne. Private Equity Fonds werden als Publikumsfonds oft in der Form der Kommanditgesellschaft aufgelegt. Wenn Vermögende sich zusammenschließen, um das gleiche Ziel zu erreichen, so wählen sie meist andere Gesellschaftsformen, weil sie den Einfluss auf das Geschäft nicht verlieren wollen. Das funktioniert auch, weil die Gesellschafter nur wenige sind (eine Handvoll), und es trifft sich keine ›Hammelherde‹, sondern es treffen sich Geschäftsleute, was der Sache einen anderen Aspekt verleiht. Hier wird aktiv mitgemischt, und die Geschäfte werden eng überwacht. – Zurück zum Private Equity Fonds: Der, den ich vor Augen habe, wurde zu einer Zeit aufgelegt, als zwei große Bankhäuser eine größere Zahl von Bankern freistellten und dieser Personenkreis dringend neue Aufgaben suchte. Einige dieser Herren legten u.a. einen Private Equity Fonds auf. Er warb mit der Devise, das Geschäft sei hochriskant, aber durch die Streuung der Engagements müsste doch eine ›Rakete‹ dabei sein, die das Risiko rechtfertigen würde.

Es fielen im Gespräch Gewinnchancen-Verhältnisse von 1 zu 10, also eine Rakete auf neun Flops. Der kleine Fonds hatte etwa 15 Mio. € eingespielt und war seit sechs Monaten in Funktion – da lief die Geschäftsführung davon. Der Grund wurde nie genannt und auch nie untersucht. Ich gehe davon aus, dass keine Unterschlagung stattfand, aber der Fonds war schlagartig in einem verheerenden Zustand – führungslos. Dieses Wracks nahm sich dann ein beteiligter Berater an, der seinen Namen in Gefahr sah, und fing die ›Chose‹ auf. Heute, nach zwölf Jahren, ist der Fonds in Abwicklung, aber es gibt wohl nicht mehr viel abzuwickeln, weil die Engagements in Firmen und andere Equity Fonds so überaus erfolgreich waren, dass wenig übrig bleiben wird.«

»Das war aber doch im Prospekt mit Sicherheit enthalten, dass auch ein Totalverlust nicht ausgeschlossen ist.«

»Ja, war es. Das Geld ist verloren. Aber zwei Gesichtspunkte sind mir wichtig: Man hätte meines Erachtens schon damals erkennen müssen, dass der Fonds nicht erfolgreich werden kann. All diese Private Equity-Fonds suchen nach ›Hidden Champions‹, aber als der Fonds aufgelegt wurde, waren die ›Wiesen schon gemäht‹, und alle guten Champions waren ›gepflückt‹. Wäre man zu diesem Zeitpunkt zu dieser einfachen Erkenntnis gelangt, hätte man kein Geld in dieses Geschäft gesteckt. Ich bin der Auffassung, dass die Initiatoren diesen Sachverhalt sehr wohl einzuschätzen wussten: Das Einstiegs-Argument für diese Risikoklasse war die Streuung der Engagements. Damals kursierten Werte von 1 zu 10. Der Fonds, den ich im Hinterkopf habe, hatte 19 Engagements. Zählt man die Dachfonds mit ihren jeweiligen Einzelengagements hinzu, so verfügte der Fonds über etwa 70 Engagements, und nicht eine ›Rakete‹ war zu erkennen. Mit anderen Worten, die Vorstellung von der ›Rakete‹ als Geschäftsmodell war schlicht dummes Zeug. Es gab zu dieser Zeit keine ›Raketen‹ mehr. Die Fonds mussten aber das Geld ›verbrennen‹, damit sie als investiert gelten können. Aus einer solchen Situation können nur Verluste entstehen – und man kann nichts machen, denn für einen Equity Fonds, der nicht erfolgreich ist, findet sich zu keinem Preis ein Käufer. Es bleibt nur das Aussitzen und Zuschauen, wie die restliche Liquidität verbraten wird! Kommt dann der Zeitpunkt der Illiquidität, also die Insolvenz, dann geht es mit einem Mal ganz schnell, denn der Insolvenzverwalter will auch noch seine finanzielle Freude an der Abwicklung des Fonds haben.«

Die Symbiose der Wenigen mit den Vielen

»Du hast bei den vorhin auf die Wenigen und die Vielen hingewiesen. Was meinst Du damit? Hat es mit dem Hinweis eine Bewandnis?«

»Ich benutze dieses Gegensatzpaar gerne, um deutlich zu machen, dass wir oft sehr klar in Schwarz und Weiß unterscheiden. Die harten Abgrenzungen sollen vergessen lassen, wie sehr beide Attribute voneinander abhängig sind. Wenn wir ein Attribut hervorheben (wir Cleveren, wir Intelligenten), dann grenzen wir eine gewisse Anzahl von Personen positiv ab und schließen dabei aber indirekt die negative Seite mit ein: Die G'scheiten und die Dummen – eine solche Unterscheidung funktioniert doch nur, weil es nach Meinung des Verwenders dieser Unterscheidung die vielen ›Dummen‹ gibt. Unterstellen wir, wir könnten die ›Dummen‹ per Knopfdruck gedanklich eliminieren, so gäbe es keine ›Dummen‹ mehr, aber die Abgrenzung als ›G'scheiter‹ verlöre ihren Sinn. Es gäbe keinen Gegensatz mehr. Mit anderen Worten: Es gibt nur dann Wenige, wenn es auch die Vielen gibt, und beide leben nicht nur in einer begrifflichen Symbiose. Die Frage der Gerechtigkeit kommt dann auf, wenn systematisch dafür Sorge getragen wird, dass die Wenigen immer unter sich bleiben.«

»Im Marktgeschehen ist die Unterscheidung ebenso anzutreffen, aber noch viel ausgeprägter: Der Markt bestimmt unsere wirtschaftliche Spielwiese – er beschreibt für den jeweilig anstehenden Prozess die Gesamtheit der Beteiligten. Der Markt hat Regeln, und je vollkommener ein Markt ist, desto kleiner ist die Gruppe der Wenigen. Ein vollkommener Markt kennt nur die Vielen, von denen erwartet wird, dass sie sich an die Regeln halten. Mindestens eine Gruppe in diesem Spiel verliert schnell die Freude am Mitmachen: jene Teilnehmer, die wir als Unternehmer beschreiben können. Warum ausgerechnet sie? Sie erwarten sich vom Markt unter Akzeptanz eines höheren Risikos eine Möglichkeit, eine deutlich höhere Einkommenschance wahrnehmen zu können. Der vollkommene Markt gibt ihnen diese Möglichkeit nicht. Im vollkommenen Markt liegt die Marge etwa in Höhe der variablen Kosten, ein Zustand, bei dem nur Geld gedreht wird. Und der Unternehmer scheut diesen Zustand wie der Teufel das Weihwasser. Was wird die Folge sein: Die Unternehmer verlassen diese Spielwiese und gehen stattdessen auf eine andere, wo unvollkommene Märkte herrschen, oder sie nutzen Lücken des Regelwerks, um die eine oder die andere Regel zu modifizieren oder zu brechen – es ist der Weg derer, die über das Bestehende hinausgehen wollen, die etwas ›unternehmen‹. Durch das Handeln Weniger wird der Markt etwas unvollkommener, und damit besteht wieder eine erhöhte Chance, Überrenditen zu erzielen. Die Wenigen sind dann die ›Regelbrecher‹, und die Vielen sind jene, die regelkonform und ungerührt auf der Spielwiese weiterspielen.«

»Wenn alle zu ›Regelbrechern‹ würden, wäre der Markt zerstört. Also kann der ›Regelbrecher‹ (die Wenigen) nur dann eine Überrendite erzielen, wenn die Vielen bereit sind, sein ›regelbrechendes‹ Verhalten zu tolerieren und so weitermachen wie bisher. Das heißt im Klartext: Der ›Regelbrecher‹ erzielt sein Mehrergebnis auf Kosten der Vielen. Gäbe es die Vielen nicht, hätte er auch keine Chance auf eine zusätzliche Rendite. Deshalb ist es immer etwas vermessen, wenn der ›Unternehmer‹ die Backen aufbläst, den Leistungsträger heraushängt, um sich ins rechte Licht zu rücken – und dabei vergisst, dass sein Erfolg nur deshalb möglich ist, weil die Vielen ihm die Infrastruktur (im weitesten Sinne) und den Spielraum bieten, um seine Überrendite zu erzielen. Das schmälert in keiner Weise seine Kreativität, sein Handeln, seine Risikofreudigkeit, aber es ist nun einmal nicht allein sein Verdienst, sondern immer eine gemeinschaftliche Leistung, denn ohne die Vielen wäre sein Rendite-Projekt nie zur Realisierung gelangt.«

»Ähnliches gilt ja auch für die Steuern. Steuern dienen unter anderem dazu, Infrastruktur zu schaffen und zu erhalten, die die Unternehmen ebenso wie die Privatleute ständig nutzen (Schule, Straßen, Krankenhäuser, Lärmschutz etc.), um ihren Geschäftsideen nachzugehen. Wieder sind es die Vielen mit ihren brav abgeführten Abgaben, die diese Infrastruktur finanzieren. Es gibt dann aber manche Wenige, die glauben, keine Steuern bezahlen zu müssen, um ihre individuellen Renditen hochfahren zu können. Dieses Verhalten wird unverständlicherweise von den Vielen auch noch klaglos und brav aufgefangen.«

Das Bild des Unternehmers im Wandel

»Man kann eine Gesamtheit von Menschen in die wenigen Agilen und eine Mehrheit von Bequemen einteilen. Wir haben ja gelernt, dass die Agilen und die Bequemen in Symbiose leben. Wenn alle agil wären, wäre die Welt wahrscheinlich nicht zu ertragen.«

»Einem allgemein verbreiteten Urteil zu Folge zählt zu den Agilen jene Spezies, die wir gemeinhin als ›Unternehmer‹ bezeichnen. Aber nicht alle Agilen sind automatisch Unternehmer. Auch den Drang, sich im Handeln zu verwirklichen, teilen Unternehmer mit anderen. Deshalb müssen beim Typus ›Unternehmer‹ offensichtlich noch einige zusätzliche Eigenschaften hinzukommen.«

»Da ist häufig die Unfähigkeit anzutreffen, sich einzuordnen oder unterzuordnen. Dieser Mangel wird oftmals als Drang zur Freiheit interpretiert und verkauft, was völlig übertrieben ist. Man sollte mangelnde soziale Fähigkeiten nicht gleich mit Freiheit in Verbindung bringen. Nicht umsonst sehen manche Studien bei Firmenbossen eine Häufung psychopathischer Eigenschaften.«

»Eine Erfolgsbezogenheit ist bei Unternehmern besonders stark ausgeprägt. Und unternehmerischer Erfolg wird relativ einfach gemessen. Er drückt sich in Umsatz und Ertrag aus, und dieser einfache Erfolgsmaßstab bestimmt damit natürlich auch die Art und Form des Erfolgs, der angestrebt wird. Deshalb ist es witzlos, sich mit Unternehmern über Nachhaltigkeit oder langfristige Auswirkungen ihres Handelns zu unterhalten. Solange die Erfolgsmaßstäbe nicht verändert werden, fehlt dieser Klientel der nachweisbare Erfolg. Und ›Erfolg‹ ist das Herz seiner Persönlichkeit. In vielen Fällen kann man auch von einem ›Getriebensein‹ sprechen, das manchmal schon krankhafte Züge aufweist.«

»Der Unternehmer verfügt in der Regel über eine gute Portion Selbstbewusstsein. Eine gewisse Neigung zur Selbstüberschätzung kann man ihm dabei nicht absprechen. Der Erfolg ist immer sein (persönliches) Werk, auch wenn er über 500 Mitarbeiter verfügt, auch wenn es für jedermann offensichtlich ist, dass er allein den Erfolg gar nicht stemmen kann. Aber er nimmt sich oft in seiner Bedeutung so wahr.«

»Hat der Techniker oftmals eine Vision eines besonderen Produktes oder Prozesses, so hat der Unternehmer, der sich dem rein wirtschaftlichen Erfolg verschrieben hat, nur eine Vision. Das ist das Geld. Und Geld ist hier synonym für Macht und Einfluss.«

»Es ist anzunehmen, dass der Antrieb zu unternehmerischem Handeln natürlich auch, aber nicht nur, in der Wertschätzung liegt, die die Gesellschaft Menschen entgegenbringt, die etwas unternehmen und die damit die Chance haben und meist auch nutzen, sich aus dem Alltäglichen herauszuheben. Dabei bleibt immer die Frage von Henne und Ei: Ist die Wertschätzung eine Folge der eigentlichen unternehmerischen Aktivität, oder kommt die Wertschätzung aus dem Einfluss, den das Geld bereitstellt? Oder lässt sich das vielleicht gar nicht voneinander trennen?«

»Der Kreis der Unternehmer steht in dem Ruf, Arbeitsplätze zu schaffen, und wird dafür von der Politik stark umworben. Der Unternehmer selbst hat aber nur ein abgeleitetes Interesse an Arbeitnehmern. Er braucht sie einfach, um seine Sicht von Erfolg umzusetzen. Arbeitnehmer sind aus seiner funktionalen Sicht in der Regel nur Mittel zum Zweck und damit primär ein Kostenfaktor.
Der Schweizer Martin Suter analysiert die ›Business Class‹ gnadenlos. Vor diesem Hintergrund erscheint es hin und wieder nötig, auch den Unternehmer aus dem Himmel auf die Erde zu holen. Er ist nichts Herausgehobenes, er kann grundsätzlich nichts besser als andere, und er kann scheitern wie allen anderen. Was ihn jedoch auszeichnet: Er hat eine Priorität, der er alles und jedes unterordnet. Er ist zielgerichtet, und sein Ziel ist nicht die bessere Gesellschaft – sein Ziel ist ganz profan sein Geldbeutel! Er hat begriffen: Wenn er zu Geld und Einfluss kommen will, muss er diese Karte konsequent ausspielen.«

Das Bild des Unternehmers im Wandel

»Das würde auch erklären, warum nicht alle Agilen automatisch Unternehmer werden. Es gibt eben auch andere, weniger egoistische Ziele, auf die man sein Handeln richten kann. Wenn man aber dort erfolgreich ist, interessiert es die Öffentlichkeit selten, weil in der Regel der verbindliche und öffentlich anerkannte, leicht fassbare Leistungsmaßstab für diese Art von Aktivität fehlt.«

»Das lässt auch vermuten, warum ›die unsichtbare Hand‹ des Adam Smith immer noch durch die Köpfe geistert. Es ist einfach grandios, davon ausgehen zu können, dass das Handeln ›widerwärtiger Menschen aus widerwärtigen Motiven‹ (Keynes) immer noch zum Besten aller sein soll. Das nimmt viel von dem psychischen Druck, der auf den egoistischen Prioritäten des Unternehmers lastet. Aber diese ›unsichtbare Hand‹ funktioniert nicht! Diese Art der ›Exkulpation‹ für das ›ungebührlich‹ egoistische Verhalten kann deshalb nicht akzeptiert werden.«

»Das wird Unternehmer nicht davon abhalten, ihr Handeln auf den monetären Erfolg zu richten. Unternehmer sind aber immer noch Teil dieser Gesellschaft, und sie leben von dieser Gesellschaft, ihrer vorhandenen Infrastruktur, vom vorhandenen Know-how der Mitarbeiter, und sie brauchen die Gesellschaft so sehr, wie die Gesellschaft den Typus des Unternehmers für ihre eigene Entwicklung braucht. Aber eben auf Augenhöhe! Unternehmer sein, bedeutet nicht automatisch, sich aus der Gesellschaft verabschieden zu können, Sonderrechte zu genießen, sich den sozialen Kontrollen zu entziehen und statt der Gemeinschaft den Markt vorzuschieben, um sich gegebenenfalls der Verantwortlichkeit für das eigene Handeln zu entziehen.«

»Wenn alle die beschriebenen Eigenschaften, die mehr oder weniger mit dem Bild des Unternehmers verknüpft sind, zur Wirkung kommen, so verwandelt sich oft das Bild des Unternehmers, der noch als eine Person mit Fleisch und Blut gedacht werden kann, in das Bild des Investors. Auf ihn können alle angesprochenen Punkte zutreffen, aber es zeichnet ihn zusätzlich ein hohes Maß an Anonymität aus. Der Investor ist keine Person, er ist Repräsentant einer Funktion. Er versteht sich auch nicht als Teil der Gesellschaft, seinem Bild fehlen menschliche Attribute. Er verkörpert den ›Geldsack‹. Sein Anspruch ist nicht mehr der Aufbau eines Unternehmens, das ist ihm viel zu kleinkariert. Er macht aus Unternehmen ein Geschäft. Der Investor verliert durch die Anonymisierung systematisch das menschliche Maß und den sozialen Kontext, denn er unterwirft alles den Renditeerwartungen seines Kapitals, das er vertritt oder akkumuliert hat. Dieser bindungslose Söldner seines Kapitals mutiert leicht zu dem, was der *homo oeconomicus* als Modell verkörpert: Er handelt mit Blick auf sein Kapital egoistisch rational und kümmert sich nicht mehr darum, ob sein Handeln sozialverträglich ist. ›Sozial‹ reduziert sich für ihn auf alles, was seine Rendite hochhält und in diesem Zusammenhang Arbeit schafft.«

Zinsen – ein wirkungsvolles Instrument?

»Heute stand im Wirtschaftsteil der Zeitung, dass die Europäische Zentralbank (EZB) die Zinsen um 0,5 % gesenkt habe. Hat das eigentlich eine Bedeutung für uns oder für die Wirtschaft?«

»Es hat sicherlich eine Signalwirkung, in der Form, dass jetzt jeder weiß, dass wir gewisse wirtschaftliche Schwierigkeiten haben – die Absätze für Autos brechen ein, Daimler gibt eine Gewinnwarnung heraus Es bleibt abzuwarten, wann andere nachziehen. Peugeot und Citroën leiden schon länger unter fehlendem Ertrag.«

»Eine andere Frage ist jene nach der Wirksamkeit solcher Zinsveränderungen im Rahmen von kleiner/gleich 1 %, wenn die gegenwärtigen Zinskosten schon extrem niedrig liegen. Viel Spielraum nach unten gibt es nicht mehr. Die Nulllinie ist nicht mehr weit. Japan hat uns das vorgemacht. In der Sorge um Deflation liegen dort die Zinsen seit Jahren bei Null, und ›die Gäule wollen nicht saufen‹. Japan hat ein Vielfaches seines Bruttosozialproduktes schon als Kredite aufgenommen und in den Wirtschaftskreislauf gesteckt, ohne dass der gewünschte Effekt einer wirtschaftlichen Belebung eintritt.«

»Hat nicht die ökonomische Theorie, beeinflusst durch Milton Friedman, behauptet, dass mit dem Zins und der Geldmenge die Wirtschaft gesteuert werden könne? War nicht damit dem einfachen Mann auf der Straße vermittelt worden, dass mit dieser ›phantastischen‹ Methode jede künftige Krise ausgeschlossen werden kann?«

»So ähnlich waren die populären Aussagen. Aber seit den neunziger Jahren klappt es zunehmend nicht mehr. Das hat vermutlich mindestens zwei Gründe: Der Zinssatz, von dem man sich soviel wirtschaftliche Wirkung erwartet, hat diese Erwartungen mit Sicherheit nicht erfüllt. Und zweitens hat mit dem Ende von Bretton Woods und der Aufhebung der teilweisen Golddeckung des

Dollars eine ungehemmte Kreditflut eingesetzt, die eine Steuerung der Geldmenge obsolet erscheinen lässt.«

»Das ist mir ein bisschen viel auf einmal: Also was ist mit dem Zins?«

»Die Schule um Friedman war der Auffassung, dass sich über den Zinssatz in Verbindung mit der Geldmenge die wirtschaftliche Entwicklung steuern ließe. Der Zinssatz der EZB wirkt dabei in erster Linie auf die Banken, weil die Banken für Geld von der EZB diesen Zinssatz belastet erhalten bzw. ihre Einlagen zu diesem Zins bei der EZB anlegen können. Steigt der Zins, steigt auch der Zins, den die Banken ihrerseits an die Kreditnehmer weiterreichen. Bei der Kreditvergabe an Dritte konkurriert der Zinsertrag aus den ausgereichten Krediten mit der risikolosen Rendite einer Anlage bei der EZB.

Der von der EZB über die Banken durchgereichte und beaufschlagte Zinsaufwand soll das Handeln der Wirtschaft beeinflussen. Bei einem hohen Zins käme es demnach zu einer Zurückhaltung von Investitionen, und ein geringeres Zinsniveau sollte Investitionen beleben. Hier ist schon der erste Knackpunkt: Ich kenne kein Unternehmen, das seine Investitionspolitik von Zinsänderungen von bis zu 1 % abhängig machen würde.«

»Der Auslöser von Investitionen in einem Unternehmen ist nicht das billige Geld, sondern das Potenzial, das das Unternehmen in bestimmten Märkten sieht oder zumindest vermutet. Wenn die Wirtschaft insgesamt kein Potenzial in ihren jeweiligen Märkten erkennen kann, wird sie sich mit Investitionen einfach zurückhalten. Dabei ist es völlig irrelevant, wie hoch der Zinssatz zu diesem Zeitpunkt ist. Wenn die Chancen, die sich das Unternehmen aus der Investition errechnet, durch bis zu 1 % Zinssatzänderung bei der Finanzierung in Frage gestellt würden, so ist vielleicht die Erfolgseinschätzung der Investition insgesamt in Frage zu stellen. Galbraith weist in seinen Ausführungen ausdrücklich darauf hin, dass diese Erwartung in der Praxis keine Bedeutung hat. Eine andere Sichtweise wäre wohl zu vertreten, wenn die Zinsänderungen heftiger ausfallen. Aber gegenwärtig will die Politik eine Niedrigzinspolitik verfolgen und hat kaum noch Spielraum nach unten, denn ein Zinssatz unter Null ist nicht denkbar. In einer Finanzmarktlandschaft, die nur noch in Milliarden denkt, ist es schon vermessen, glaubhaft machen zu wollen, dass eine Zinssenkung mehr als eine symbolische, aber nutzlose und ziemlich hilflose Geste ist.«

»Aber was ist mit der Immobilienwirtschaft? Hat dort der Zinssatz nicht eine wichtige Bedeutung?«

»Das ist anzunehmen, sofern es sich um den privaten Markt handelt. Aber auch hier liegen die Zinssätze schon niedrig. Was soll ein noch niedriger Zins denn noch bewirken? Bei der professionellen Immobilienwirtschaft hat die Zinsgestaltung nur bedingt eine Bedeutung. Höhere Zinsen werden in den Mietpreis eingerechnet. Da solche Projekte oft Jahre der Vorbereitung benötigen, kann man dann nicht auch noch kurzfristige Zinsänderungen ins Kalkül aufnehmen. Niedrigere Zinsen als gegenwärtig sind nicht so recht vorstellbar. Also ist eine zusätzliche Zinssenkung als eine Geste einzuschätzen, aber nicht als mehr.«

»Was ist mit der Geldmenge? Kann sie etwas bewirken?«

»Über die Geldmenge, die je nach Zielsetzung unterschiedlich definiert wird (von M_0 bis M_3) glaubt man, die Wirtschaftsentwicklung positiv beeinflussen zu können. Grundlage ist eine Beobachtung, dass mit Ausdehnung der Geldmenge eine Belebung der Wirtschaftsaktivitäten einhergehen soll. Die Schule der Monetaristen hat diese Auffassung vertreten und zeitweise auch eine entsprechende Strategie der Zentralbanken politisch durchgesetzt. In den letzten Jahren ist der Einfluss der Monetaristen zurückgegangen, weil man erkannte, dass die gewünschte einfache Handhabung in einer modernen Überflussgesellschaft immer weniger funktioniert. Die Geldmengenbetrachtung wird ja angesichts der jüngst durchgeführten riesigen Flutung der Wirtschaft mit Krediten der Zentralbanken erst recht fraglich.«

»Was ist mit der Liquiditätsflutung des Systems? Geht das auf Friedman zurück?«

»Es war in dem Konzept der Monetaristen nie vorgesehen, das Wirtschaftssystem mit Liquidität zu fluten. Ich glaube, das war vermutlich jenseits der Vorstellung der damaligen Geldmarkttheoretiker. Entscheidend ist die heutige Situation: Noch nie in der Geschichte der letzten 50 Jahre wurde das System mit derartigen Mengen Geldes geflutet. Nach der monetaristischen Auffassung müsste diese Maßnahme ein Feuerwerk der Wirtschaftsaktivität (sprich: ein Feuerwerk des Wirtschaftswachstums) auslösen. Das ist aber nicht der Fall. Dafür gibt es mindestens zwei Gründe: Die Theorie ist unter den heutigen Bedingungen nicht (mehr) richtig – oder: Der Grund liegt auch mit darin, dass die Kreditsummen bisher die reale Wirtschaft überhaupt nicht erreicht haben.«

»Aufgrund der desolaten Bankensituation (die viel schlimmer ist als uns gesagt wird) werden die großzügigen Kredite im Bankensektor platziert und nicht an die produzierende Wirtschaft durchgereicht. Sie ›kreisen‹ im Interbankenmarkt, um dort das Vertrauen in die Zahlungsfähigkeit des Systems aufrechtzuerhalten. Der Chef der Europäischen Zentralbank (EZB) hat jetzt mit Strafen gedroht, wenn die Kreditmittel von den Banken nicht dorthin weitergereicht werden, wo in der Regel erst Wachstum entstehen kann. Diese Maßnahme wirft aber auch ein deutliches Licht auf den verheerenden Zustand des weltweiten Bankensektors.«

Kreditismus

»Es wird mir immer ganz schwummerig vor Augen, wenn ich von den Beträgen höre, die im Rahmen des ›Flutens‹ das System am Leben erhalten sollen. Es ist doch eine ganz wesentliche Grundlage in unserem Wirtschaftssystem, das wir Kapitalismus nennen, dass das System nur funktioniert, wenn strikt darauf geachtet wird, dass Schulden beglichen werden. Sowie sich eine Blase bildet, in der Forderungen entstehen, die erkennbar nicht mehr beglichen werden können und die nicht oder nicht mehr ausreichend besichert sind, ist das System in seinen Grundstrukturen in Gefahr. Besonders schwierig wird die Situation, wenn die Forderungen zwar besichert, aber die angeblichen Sicherheiten ihr Geld nicht mehr wert sind.«

»Da streifst Du eine der Grundlagen des Kapitalismus, der deshalb manchmal auch ›Debitismus‹ genannt wird. Wenn auf breiter Basis die Regel durchbrochen wird, dass Schulden auch zurückbezahlt werden müssen, fällt das ganze System in sich zusammen. Es gibt den ›Unfall‹ im Kapitalismus, dass eine Rückzahlung sich trotz aller ergriffenen Maßnahmen als nicht mehr durchführbar erweist. Die Folgen für den Schuldner sind meist heftig und radikal, weil das System bei Aufweichung dieser Regeln implodieren würde. Im Einzelfall versuchen sich die Wirtschaftssubjekte dagegen abzusichern, indem sie ihre Geschäftspartner nach ihrer Zahlungsfähigkeit selektieren, wobei man versucht, nicht den guten Willen zu bewerten, sondern die reale Fähigkeit zur Rückzahlung der geplanten Schuld.«

»Aber von Rückzahlung spricht keiner unserer Regierungsmitglieder und Zentralbanker. Jedes ›Fluten‹ des Systems erfolgt auf Kredit. Und nach Deiner obigen Feststellung muss der Schuldner den Kredit zurückzahlen – aber bei der Größenordnung des Kreditumfangs, an die wir uns gegenwärtig gewöhnen müssen, ist doch an eine Rückzahlung durch unsere Generation gar nicht mehr zu denken.«

»Das würde heißen, dass unsere Kinder und Kindeskinder die Rückzahlung aufzubringen haben. Das ist aber nur die eine Seite der Medaille: Wenn wir die jüngste Vergangenheit Revue passieren lassen, so können wir alle paar Jahre eine ›Krise‹ feststellen. Krisen haben sich in den letzten Jahrzehnten in immer kürzeren Zeiträumen ereignet. Unser gegenwärtiges ›Allheilmittel‹, das System zu ›fluten‹, hat seine Grenzen und lässt sich nicht beliebig wiederholen, sollen die Kreditverpflichtungen nicht in Größenordnungen steigen, die nicht mehr zu tolerieren sind.«

»Ich habe gehört, dass man diese Schulden relativ leicht, das heißt schmerzfrei, über Inflation abfertigen könnte?«

»Damit spekulieren sicherlich einige Regierungsmitglieder. Aber das funktioniert nur auf dem Papier. Die hohe Verschuldung können unsere Staaten sich doch nur leisten, weil die Zinssätze gegen Null tendieren. Das heißt: Die Verschuldung kostet, gemessen an den Zinssätzen der Vergangenheit, fast nichts. Sollte aus irgendeiner Ecke des Wirtschaftssystems die Inflation auftauchen, dann würde das natürlich sofort helfen, die nominale Schuld zu schmälern. Leider reagiert aber der Markt auf Inflation in der Form, dass in der Regel die Zinsen steigen – vielleicht nicht synchron, aber unausweichlich. Das wiederum können sich unsere Staatshaushalte nicht leisten. Jeder Prozentpunkt an Zinsbelastung zieht die Schlinge um den Hals des Staatshaushalts immer enger. Die enorme Höhe der Schuld löst bei Zinssteigerungen Zinszahlungen aus, die unser Nationalbudget nicht lange durchhält. Wir wären gezwungen, in relativ kurzer Zeit unsere Zahlungen einzustellen. Bei einem Unternehmen würde man sagen, es muss Insolvenz anmelden. Ein Staat hat hier mangels klarer Regeln eine größere Zahl von Alternativen, aber das Problem bleibt das gleiche.«

»Wir haben jetzt schon eine relativ lange Periode mit niedrigen Zinsen, glaubst Du, dass sich das noch über Jahrzehnte darstellen lässt? Denn so lange werden wir ja voraussichtlich an den bis jetzt ausgereichten Krediten knabbern.«

»Das ist eine gute Frage. Immer wenn ich diese Formulierung wähle, weißt Du, dass ich keine Antwort habe. Ich kann es mir nicht vorstellen. Aber das hängt auch mit einer anderen Frage zusammen: Bisher hatten wir ein Wirtschaftssystem, dass wir allgemein als Kapitalismus begriffen. In einem funktionierenden Kapitalismus gibt es kein ›Fluten‹ des Systems mit Liquidität. Im Kapitalismus scheitert derjenige, der einen grundlegenden wirtschaftlichen Fehler gemacht hat. Hoffentlich treffen dabei Verantwortlichkeit und Haftung zusammen. Dann bereinigt sich das – zwar unter erheblichen Schmerzen – im Kleinen ganz von selbst. Dieses Mal war das Problem aber so groß und so verflochten, dass bei einer Beibehaltung dieses kapitalistischen Grundsatzes das gesamte westliche Wirtschaftssystem zusammengebrochen wäre, mit zweifelsohne unübersehbaren Schäden. Die Politik hat sich deshalb überstaatlich und weitgehend einvernehmlich zu einem ›Fluten‹ des Systems mit Liquidität entschlossen – nicht um das Problem zu lösen, sondern um sich Zeit zu kaufen, in der man eine Lösung zu finden hofft. Die Regierungen haben sich zusammengefunden und haben durch einen Handstreich das von ihnen in unterschiedlichem Ausmaß favorisierte kapitalistische System durch einen radikalen Systembruch umstrukturiert. Das neue System nennt Richard Duncan in einem Interview ›Kreditismus‹.«

»Was ist denn das?«

»Wir haben uns in der Vergangenheit bemüht, den Kapitalismus zu verstehen und seine Stärken und Schwächen zu bewerten; über den Kreditismus gibt es leider nur ganz wenige Erkenntnisse. Das ist für alle absolutes Neuland, das wir aber mit einem Kreditvolumen betreten, dass den meisten, die das erkennen, der Atem stockt.«

»Was ist das Ziel des Systems, oder welche Ziele verfolgt man mit dem System?«

»Wie immer in solchen neuen Situationen, ist es nicht ganz klar. Mein Eindruck ist, dass man durch die hohe Liquidität erstmal die Banken retten will, weil sich hier mehr Gefahrenpotential angesammelt hat als öffentlich bekannt wird. Eine ganze Reihe von renommierten Kreditinstituten hatten schon fünf Jahre vor der Krise 2008 den Kontakt mit der Politik aufgenommen, weil schon damals ernsthafte Liquiditätskrisen auftraten, die dann im Stillen – ohne ›Beunruhigung‹ der Bankkunden – unter Ausschluss der Öffentlichkeit geregelt wurden. Die hohe verfügbare Liquidität schafft bei den Wirtschaftssubjekten Vertrauen und verspricht Zeitgewinn.«

»Wie wir oben schon festgestellt haben, ist aber die Masse der Liquidität gar nicht bei den Unternehmen angekommen, sondern im Finanzmarkt versackt und hat ihn möglicherweise so befeuert, dass die Börsen auf die Krise 2008 ff. eigentlich keine der schwierigen Situation angemessene Reaktion zeigten.«

»Hast Du den Eindruck, die Politik weiß, was sie tut?«

»Ich bin mir da nicht so sicher. Sie versucht, Vertrauen zu vermitteln, aber wenn man die Schritte in der EU verfolgt, können einem Zweifel kommen. Es besteht meines Erachtens ein deutlicher Zwiespalt: Einmal haben es sich die europäischen Südländer in der Vergangenheit sehr bequem gemacht. Um das im Rahmen demokratischer Regeln zu ändern, muss der Druck in dem Land auf die Politik enorm groß sein, sonst passiert nichts. Das könnte man als den politischen Zweck der Sparsamkeitswut identifizieren. Es geht meines Erachtens nicht um ›Richtig‹ oder ›Falsch‹ – es geht um Veränderung eines untragbaren Zustandes in diesen Ländern. Und Veränderung tut immer weh. Ob aber die Maßnahmen das Schiff in die richtige Richtung lenken, erscheint nicht sicher.«

»Was wäre denn die richtige Richtung?«

»Gute Frage! Das ist es, was ich vermisse: Jedes betroffene Land hat unterschiedliche Probleme, und wir hören nur etwas von ›Sparsamkeit‹, aber nichts von einem zu erreichenden Ziel. Sparsamkeit ist kein Ziel, sondern nur Mittel zum Zweck. Das Ziel müsste doch außerhalb der Wirtschaft liegen und müsste so formuliert sein, dass es für die, die unter der Sparsamkeit leiden, zumindest eine Perspektive darstellt. Wettbewerbsfähigkeit kann ein Ziel der Wirtschaft sein, aber wir müssen doch den ganzen Menschen abholen und ihm deutlich machen, wann dieser Krug der Entwürdigungen voll ist.«

»Aber lass' mich auf ein paar Gedanken zurückkommen, die Richard Duncan hinsichtlich des Kreditismus äußert: Er kritisiert nicht das ›Fluten‹ an sich. Seine Kritik richtet sich gegen die ziellose Art und Weise, wie die Liquidität das System überflutet. Wenn das Staatsvolk diese Bürde übernimmt, wäre es aber sinnvoll, dieser Liquidität eine Richtung oder ein klar umrissenes Ziel zu geben. Er nennt zum Beispiel die Erneuerung der Infrastruktur, Investitionen in wahre Zukunftsaufgaben wie die Energiewende. Einen weiteren Gesichtspunkt habe ich noch im Gedächtnis: Duncan schlägt (für die USA) vor, eine unvorstellbar große Summe in die Gewinnung der Sonnenenergie zu stecken. Sein Credo war ganz einfach: In zehn Jahren würden die USA vom Öl unabhängig sein, und sie könnten das Geld, das in den Import von Öl gesteckt werden muss, in andere, sinnvollere und zukunftsträchtigere Projekte umleiten. Zudem gäbe es für die USA dann keinen erkennbaren Grund mehr, wegen der Sicherung der Ölversorgung Kriege zu führen, die riesige Löcher in das Nationalbudget der USA gerissen haben.«

»Wäre diese Idee nicht auch auf unsere deutsche oder europäische Situation anzuwenden?«

»Sicher. Aber wir müssten dann unser Verständnis von Wirtschaftspolitik ändern. Eine so massive Förderung zukunftsträchtiger Technologien setzt ein eher keynesianisches Verständnis von Wirtschaftspolitik voraus, und gegenwärtig rennen wir noch dem Neoliberalismus einer Margret Thatcher oder eines Ronald Reagan hinterher, in der Erwartung, dass der Markt solche Fragen klärt. Das überfordert aber jeden Markt. Da der Markt kurzfristig orientiert ist und sich nur um das Heute bemüht (wenn überhaupt), muss die Politik hier strategische Zeichen setzen, so wie es ja im Grunde mit der ›Energiewende‹ auch halbherzig gemacht wurde.«

»Nur bezweifle ich, ob diese Wende einen Hintergrund hat, der in einer Strategieänderung zur Technologie zu suchen ist. Viel eher glaube ich, dass die vier Energiegroßkonzerne sich im Umgang mit der Politik politisch so ins Aus manövriert haben, dass Fukushima zum Anlass genommen wurde, die lästige und fordernde Umklammerung durch dieses Oligopol ohne viel Aufhebens ein für allemal abstreifen zu können.«

»Und wir sehen heute, wie wenig ›weitsichtig‹ sich diese ›Jumbos‹ auf den etwa zehn Jahre vorher unter ›Rot-Grün‹ erstmals beschlossenen Atomausstieg vorbereitet hatten – sie fielen aus allen Wolken und waren nicht einmal mit einem ›Plan B‹ auf den neuen Zustand vorbereitet. Sie mussten sich ihrer unrühmlichen Sache schon sehr sicher gewesen sein. Auch das riecht streng nach politischer Absprache.«

Inflation

»Wie ist denn der Zusammenhang zwischen dem vielen Geld und der Inflation?«

»Das ist auf den ersten Blick erstaunlich. Jedermann würde doch erwarten, dass durch das billige und viele Geld Inflation ausgelöst würde. Das ist aber bisher in nennenswertem Umfang nicht der Fall. Dafür gibt es eine Reihe von Erklärungen: Solange das bereitgestellte Geld der Europäischen Zentralbank nicht an die Wirtschaft weitergeleitet wird (deshalb spricht man ja von einer Kreditklemme im Mittelstand), kann es seine inflatorischen Momente auch nicht entwickeln. Erst dann, wenn durch das Geld ein Schub bei Angebot und Nachfrage ausgelöst wird, kann es zu inflatorischen Effekten kommen. Das wäre die eine Erklärung. Die andere Erklärung – oder besser: die ergänzende Erklärung – liegt in den Produktionskapazitäten. Die globalisierte Wirtschaft hat in den letzten Jahrzehnten auf wichtigen Märkten gigantische Überkapazitäten aufgebaut. Das dadurch ausgelöste Überangebot drückt vehement auf die Preise und lässt aus diesem Grunde gegenwärtig keine deutlichen inflatorischen Effekte aufkommen.«

»Es gibt insbesondere unter jenen Beratern, die ihr Geld durch Kapitalanlage verdienen, noch eine andere Sicht, deren Bedeutung sich nicht recht einschätzen lässt: Sie gehen davon aus, dass es heute schon eine ›gefühlte‹ Inflation von etwa fünf Prozent gibt und dass sich der Staat mit der Verordnung niedriger Zinsen und einer offiziell nicht erfassten, deutlich höheren Inflation zu Lasten der ›Sparer‹ entlastet. Klingt doch ganz plausibel – aber stimmt das auch, oder ist das nur die übliche Vernebelungstaktik?«

»Eine ›gefühlte‹ Inflation ist stammtischverdächtig. Als Argument wird angeführt, dass viele Güter des täglichen Bedarfs teurer geworden seien und nur die rasanten Preisrückgänge bei elektrischen und elektronischen Geräten diese Inflation im Warenkorb noch auffangen. Die Beobachtung ist nicht falsch, aber die Auswirkungen auf den Lebenshaltungsindex sind ohne präzisere Angaben nicht abzuschätzen. Es ist auf jeden Fall ein wunderbares Argument, um die zögerliche Anlegerschaft (›die Herde‹) in höhere Risikoklassen bei ihrer Anlage zu treiben.«

»Kommen wir zum ersten Argument mit dem tendenziellen Überangebot zurück. Die Überkapazitäten in der Produktion haben einen Effekt auf das globalisierte Arbeitseinkommen. Solange durch die Überkapazitäten der Skaleneffekt der Massenproduktion nicht so recht greifen kann, werden die Unternehmen alle Kosteneinsparalternativen nutzen, die sich ihnen bieten. Dabei ist das Lohnniveau eine gern in Anspruch genommene Variable zur Kostensenkung. Damit löst man aber nicht das Problem der Überkapazität. Die meisten Maschinen lassen keine intensitätsmäßige Anpassung zu. Die Maschinen werden also noch weiter suboptimal laufen müssen.«

»Gibt es dafür keine Lösung?«

»Das Problem wäre in einem ersten Schritt zu lösen, wenn die Nachfrage soweit gesteigert werden könnte, dass die globalen Kapazitäten eine bessere Auslastung erfahren. Mit anderen Worten: All die realen ›Hungerleider‹, aufgrund deren Ausbeutung es heute möglich ist, so billig zu produzieren, müssten auf ein erhöhtes Einkommensniveau gehoben werden, damit global zusätzliche Nachfrage entsteht. Die zusätzliche Nachfrage würde unter vereinfachten Annahmen auch keine allgemeine Inflation auslösen, solange die ausgelöste Nachfrage nicht die vorhandene Kapazität überschreitet. Und jetzt kommt das ›Aber‹: Wenn die Politik es zulassen würde, dass diese Schichten z.B. durch die globale Einführung eines Mindestlohns zu einem höheren Einkommen gelangen können, so würde der dadurch ausgelöste zusätzliche Konsum kaum die globale Überproduktion entlasten, vielmehr würde die verbesserte wirtschaftliche Lage dieser ›Hungerleider‹ (kein schöner Begriff, aber er beschreibt die Realität) in erster Linie einen Konsum auf Märkten auslösen, auf denen gegenwärtig nach landläufiger Auffassung *keine* Überproduktion herrscht. Der Konsum dieser Schicht würde sich einer Deckung grundlegender Bedürfnisse zuwenden – Nahrungsmittelsicherung, Sicherung der Unterkunft, Zugang zum Wasser u.ä.). Das betrifft mit Sicherheit nicht die Überproduktion, unter der die globale Wirtschaft absehbar leidet. Bis die Bedürfnisse dieser Bevölkerungsschichten sich soweit ›entwickeln‹ lassen, dass sie sich für die Produkte der globalen Überproduktion interessieren können, werden vermutlich eine oder zwei Generationen Zeit vergehen.«

»In der Zwischenzeit werden die Unternehmen, die sich bisher aufgrund der Ausbeutung ihrer Arbeitnehmer am Markt behaupten konnten, angehalten, ihren Mitarbeitern einen der Leistung angemesseneren Mindestlohn zu bezahlen. Sie wiederum werden versuchen, die zusätzlichen Kosten zu überwälzen. Eine erfolgreiche Überwälzung führt im globalen System zu Preissteigerungen, aber eine Überwälzung erscheint nur dann möglich, wenn weltweit kein weiteres Lohndumping auftritt. Gelingt es nicht, Lohndumping global zu unterbinden, werden einige, aber sicher nicht alle, dieser Unternehmen mittelfristig aus Gründen der gestiegenen Kosten aus dem Markt ausscheiden (Klartext: in Konkurs gehen). Das zusätzliche Einkommen, das die Arbeiter bei der Erschaffung der Überproduktion durch höhere Löhne erzielen, fließt in andere Märkte, schafft dort Nachfrage und Verknappung der Güter, z.B. im Nahrungsmittelmarkt. Was ist die Folge? Die Preise steigen, und es ist anzunehmen, dass die Preissteigerungen auf mittlere Sicht den Lohnzuwachs am unteren Ende der Einkommenspyramide absorbieren. Was wird erreicht: Die Einkommen der ›Armen‹ werden optisch verbessert, deren Nachfrage stimuliert den eh' schon knappen Grundversorgungsmarkt. Die Inflation auf diesem Markt schöpft die Vorteile der Lohnerhöhung wieder ab.«

»Wenn dann noch in einem zweiten Schritt festgestellt werden kann, dass viele Unternehmen durch die Lohnerhöhung im globalen Markt nicht mehr wettbewerbsfähig sind, so würde sich wieder die gleiche Situation einstellen, nur auf einem höheren Preisniveau und mit weniger Arbeitsplätzen. Damit wird die Schwarzarbeit wieder blühen, denn diese Menschen müssen auf die eine oder andere Weise versuchen, zu überleben. In der Not wird das reale Lohnniveau wieder sinken.«

»Gibt es eine andere Lösung?«

»Ich weiß es nicht. Wir bewegen uns hier in einer Art Falle, weil wir es vermeiden wollen, dass wir, die westliche Welt, als auslösendes Problem der globalen Überproduktion angesprochen werden. Diese andere Sicht würde das Selbstverständnis der westlichen Welt und ihre Wohlstandserwartungen grundlegend berühren. Eigentlich müsste der Westen die Überproduktion abbauen – das aber würde das Wachstum des Westens unmittelbar betreffen und die gegenwärtigen Probleme der Dritten Welt zu einem unserer Probleme machen. Das haben wir in den letzten Jahrzehnten erfolgreich verdrängt und verlagert. Auch wir brauchen offensichtlich die Vielen, damit die Wenigen Vorteile ziehen können.«

Konsumismus

»Kann ein kapitalistisches System längerfristig mit einer Überproduktion leben? Nach den allgemeinen Regeln des kapitalistischen Systems müsste doch die Überproduktion über den Markt abgebaut werden, indem Unternehmen aus dem Prozess ausscheiden (so die Theorie)?«

»Diese Erwartung ist natürlich richtig, wenn man davon ausgeht, dass der Markt noch so funktioniert, wie er bei den Altvorderen beschrieben wurde. Aber anscheinend stimmt das nicht mehr, weil wir seit den Nachkriegsjahren große Marktveränderungen feststellen können, die zum Teil auch durch technologische Veränderungen begründet sind. Ich würde meinen, dass die Massenproduktion erst nach dem Ende des zweiten Weltkriegs richtig zur Blüte kam. Sie hat meines Erachtens den Markt erheblich verändert.«

»War der Markt vor dem Krieg eher handwerklich geprägt, so hat die Massenproduktion von Gütern neue Bedingungen gestellt: Massenproduktion senkt die Fertigungszeit pro Stück, senkt bei angemessener Auslastung auch die Kosten in einem Maße, das im handwerklich geprägten Produktionsprozess undenkbar wäre.«

»Die handwerkliche Produktionsweise lässt sich am einfachsten an der Fixkostenstruktur bestimmen: Das Handwerk hat schwerpunktartig Lohnkosten und Materialkosten und relativ geringe Fixkosten für Maschinen und Apparate. Die neue Produktionsweise verlangt dagegen erhebliche Investitionen in die Anschaffungen von Maschinen.«

»Der Produktionsprozess erfolgt auf einem völlig neuen Kosten- und insbesondere Finanzierungsniveau. Das Hauptaugenmerk richtet sich auf die Fixkosten und die Materialkosten. Lohnkosten betragen in der handwerklichen Dienstleistung 70 bis 80 Prozent und in der Massenproduktion etwa 15 bis 20 Prozent. Die zu Fixkosten geronnenen Vorleistungen setzen einen Durchsatz voraus, den ein handwerklich strukturierter Betrieb gar nicht realisieren

Konsumismus

könnte. Das sind die Folgen auf der Produktionsseite: Verpflichtung zu großen Stückzahlen ziemlich gleicher Waren, enorme Kosteneinsparungspotenziale durch hohe Durchsatzmengen.«

»Aber Produktion allein führt zu keinem Geschäft.«

»Richtig. Diese Mengen müssen einen Absatz finden. Dafür muss Bedürfnis bestehen. Es ist sehr riskant, große Losgrößen von gleichen Produkten zu produzieren – sie können vom Kunden als nicht attraktiv abgelehnt werden, und das Risiko, auf derartigen Mengen gleichartig produzierter Ware sitzen zu bleiben, nimmt überproportional zu. Das dabei gebundene Kapital ist so hoch, dass der weitestgehende Absatz der Produktion zu einer Frage des wirtschaftlichen Überlebens werden kann.

»Der Preis war am Anfang der Massenproduktion nicht das Problem, weil zu Beginn die Kostendegression, die die neue Produktionsweise grundsätzlich ermöglicht, so überwältigend ist. Das spiegelt sich auch in den Wachstumsraten der Nachkriegszeit wieder.«

»Nach dem Kriege hatten die Menschen noch regen Bedarf. Die Bedürfnisse des Menschen sind aber endlich. Das beißt sich relativ schnell mit den Voraussetzungen zur erfolgreichen Massenproduktion. Als Lösung dieses Dilemmas war der Markt für die Produzenten nicht mehr ein von der autonomen Nachfrage bestimmtes Datum, sondern eine Einrichtung, die man manipulieren konnte und wollte. Werbung und Marketing wurden geboren und haben sich in den letzten Jahrzehnten zu einem riesigen milliardenschweren Geschäft entwickelt.«

»Es wird zwar immer wieder betont, dass Werbung und Marketing nur informieren, aber der manipulative Charakter dieser Maßnahmen wird schon dadurch klar, dass die Unternehmen Milliarden Euro dafür aufwenden – nur, um zu informieren? Diese Haltung ist schon ein wenig naiv. Wichtig für die weitere Entwicklung war, dass man von dem Gedanken der Bedarfsdeckung Abstand nahm. Wie oben erwähnt, ist ein Bedürfnis endlich: Ist der Hunger gestillt, gibt es eigentlich keinen Grund mehr, weiter zu essen. Der

Bedarf hat jedoch andere Qualitäten. Das Bedürfnis ist kaum zu manipulieren, ein Bedarf sehr wohl. Also hat sich die Werbung dem Bedarf zugewendet und versucht, uns pausenlos neuen Bedarf einzureden.«

»Dabei wird die Produktebene der Grundversorgung verlassen und der Bedarf mit Kategorien verknüpft, die besondere gesellschaftliche Wertschätzung ausdrückt. Um dem Bedarf nicht das gleiche Schicksal wie dem Bedürfnis zuteil werden zu lassen, wird Bedarf sozial subtiler formuliert. Er wird so präsentiert, dass es für Manipulation empfängliche Naturen in der Regel gar nicht merken, wie sie manipuliert werden. Ihnen wird klargemacht, was angesagt ist, und die Verbraucher folgen diesen Impulsen mehr oder weniger. Konsum ist nicht mehr einfache Deckung von Grundbedürfnissen.«

»Konsumieren wird zur Lebensart stilisiert. Nur so lässt sich sicherstellen, dass die ganz natürliche Ermüdungserscheinung eines Bedürfnisses (›Wenn ich satt bin, bin ich satt‹) umgangen wird und Bedarf geschaffen werden kann, der sich nahezu grenzenlos übersteigern lässt. Wenn das Marketing es fertiggebracht hat, uns Bedarfe einzureden, wird auch klar, warum eine gewisse Überproduktion möglich ist: Durch die Manipulation der Bedarfe der Verbraucher lassen sich auch Dinge in den Markt drücken, die eigentlich überflüssig sind. Nur der Preis leidet in der Regel unter dem Überangebot.«

»Es gibt Untersuchungen, die davon ausgehen, dass ein normaler Mitteleuropäer etwa 10.000 Dinge sein Eigen nennt. Andere gehen von 15.000 Dingen aus. Da der Konsument den Überblick über ›seine‹ Dinge verloren hat, kauft er je nach Gemütslage und Manipulationsgrad viele Dinge eben noch einmal. War Einkaufen nach dem Kriege aufgrund der knappen finanziellen Mittel und des begrenzten Warenangebots eine Notwendigkeit, die viel Überlegung erforderte, bevor man aus dem Angebot eine Auswahl traf, so ist heute Einkaufen Freizeitbeschäftigung für eher gelangweilte Bürger(Innen).«

»Einkaufen ist Teil eines Lebensstils, Geldausgeben vermittelt eine gewisse seelische Befriedigung in einem möglicherweise ›sinnlosen‹ Leben. Je weniger Sinn gefunden wird, desto mehr Konsum wird benötigt, um die Leere zu füllen. ›Man gönnt sich ja sonst nichts‹.«

»Porsche hat jüngst eine Anzeige geschaltet, auf der war nur das Hinterteil eines Porsches zu erkennen mit der schlichten Aussage: ›Identität‹! Das ist doch sicherlich so eine Form der subtilen Manipulation, die Du vorher angesprochen hast?«

»Richtig! Diese Anzeige sagt überhaupt nichts über das Auto und seine technischen Eigenschaften aus, und auch die Mobilität als eigentliche Funktion des Autos wird nicht angesprochen. Die Anzeige vermittelt dem Betrachter einfach durch Bild und Text: ›Wenn Du dieses Auto hast oder erwirbst, dann verfügst Du über Identität – dann bist Du wer‹. Dabei lässt die Aussage vergessen, dass Identität nicht mit Geld zu erwerben ist – man hat sie oder man hat sie nicht; Identität liegt dann vor, wenn äußere Erscheinung und innerer Wert zusammenstimmen und als echt empfunden werden. Der Porsche in der Anzeige soll das äußere Erscheinungsbild überhöhen, um ein wertvolles ›Innen‹ zu suggerieren. Peinlich, wenn man dann diesem finanziell erworbenen Anspruch nicht gerecht werden kann.«

»Was ist denn jetzt Konsumismus? Der Begriff ›Konsum‹ ist mir klar, der ›-ismus‹ deutet meist auf eine Übertreibung hin.«

»Mit Konsumismus wird eine Erscheinung beschrieben, in der der Konsum die Grundlage ist, aber eben nicht mehr einer weitgefassten Bedarfsdeckung dient, sondern nur noch dazu, Dinge zu vermarkten, deren realer Nutzen vernachlässigbar ist und nur noch dem eingeredeten Bedarf folgt, den die Industrie selbst entwickelt. Es ist der (meines Erachtens verzweifelte) Versuch, die Wirtschaftsmaschine mit Produkten und Dienstleistungen am Laufen zu halten, deren Nutzen für die Menschen gegen Null geht.«

»Sie arbeiten hart, um das Geld für ihren Lebensstil (›Lifestyle‹) zu beschaffen, um es dann für Sachverhalte auszugeben, die mit ›Verschwendung‹ am treffendsten beschrieben werden können.«

»Einer amerikanischen Studie zufolge kauft der ›durchschnittliche‹ Amerikaner etwa sieben Paar Schuhe im Jahr. Die gleiche Studie kommt zu den Ergebnis, dass die Durchschnittsamerikanerin im Jahr etwa 14 Kleidungstücke erwirbt. Diese Zahlen werden erst dann plastisch, wenn man sich fragt: Wie viele Paar Schuhe hat dieser gedachte Mann in drei Jahren? – 21 Paar Schuhe. Was macht er eigentlich mit dieser Anzahl von Schuhen? Vor allem, welche Qualität werden diese Schuhe haben? Halten sie vielleicht nur noch Monate? Ich gehe davon aus, dass bei dieser Menge die Schuhe nicht für den *Ge*brauch, sondern höchstens für den *Ver*brauch erworben werden. Das ist ein vornehmer Ausdruck für Müll. Ähnliches gilt für die Kleider der gedachten Dame: In drei Jahren ist der Kleiderschrank mit 42 Kleidern gefüllt. Bei 14 Kleidern pro Jahr bedeutet das, dass sie im Schnitt alle drei Wochen ein Kleid erwirbt. Gleiche Frage – gleiches Ergebnis: Das Produkt wird kurzfristig zu Müll. Von den Produktionsproblemen und der sozialen Lage derer, die diesen ›Müll‹ herstellen, will ich gar nicht sprechen.«

»Ich bin mir aber ziemlich sicher, dass die Produktion dieser Waren unter enger Kostenkontrolle und überaus effizient erfolgt ist. Aber es bleibt am Ende nur festzustellen, dass unser Wirtschaftssystem auf überhaus effiziente Weise eine Verschwendung von gigantischem Ausmaß produziert.«

Politik und Konzerne

»Es gibt doch zwischen Politik und Wirtschaft theoretisch eine strikte Trennung. Wenn Wirtschaften rational strengen Regeln folgen soll, so müssen ja alle zwischenmenschlichen, sozialen Gesichtspunkte in einer anderen ›Kiste‹ bedient werden, obwohl klar sein sollte, dass Wirtschaften weit davon entfernt ist, rational vonstatten zu gehen.«

»Das sollte spätestens seit Schumpeter eine Selbstverständlichkeit sein, aber die Wirtschaftstheorie hat sich in der Nachkriegszeit genau in die andere Richtung entwickelt. Sie wurde mathematischer, ohne zu erkennen, dass Mathematik fehlenden oder objektiv falschen konkreten Inhalt nicht ersetzen kann.«

»Das ist der Unterschied zwischen Theorie und Praxis. Wir verfügen vordergründig über eine weitgehend kapitalistische Wirtschaftsordnung, aber für bestimmte Zusammenhänge werden die Selbstreinigungskräfte, die Schumpeter als ›kreative Zerstörung‹ beschrieben hat, bewusst ausgesetzt. Auf den ersten Blick ist man geneigt, bei der Politik die Schuld zu suchen, aber so einfach ist es nicht. Selbst Schumpeter, ein unverdächtiger Vertreter einer kapitalistischen Wirtschaftsordnung, kommen in seinem großen Wurf über *Kapitalismus, Sozialismus und Demokratie* am Ende des Buches doch Zweifel, ob der Kapitalismus sich nicht selber auflöst.«

»Galbraith hat dies noch deutlicher gemacht, wenn er davon spricht, dass die aufkommenden Konzernstrukturen das gesamte System so dominieren werden, dass die Regeln des Marktes – oder allgemeiner: die Regeln des Kapitalismus – nicht mehr greifen werden, weil diese großen Wirtschaftseinheiten keiner Kontrolle mehr unterliegen.«

»Waren früher die Nationalstaaten diejenigen, die untereinander internationale Politik betrieben, so sitzen heute neben den Nationalstaaten und den überstaatlichen Organisationen die Konzerne am Tisch. Ausgerechnet in den USA, deren konservative Kräfte stets dafür sind, die ›Bürokratie‹ (und das ist alles, was nicht privatwirtschaftlich organisiert ist) auszuhungern (›to starve the beast‹), haben das Problem, dass praktisch jede Branche so elementar von dieser ›Bürokratie‹ lebt, dass eine sofortige radikale Unterbindung dieser Transfers die Wirtschaft des Landes implodieren lassen würde. Ähnlich ist es in Deutschland und in anderen europäischen Ländern.«

»Die Verquickung von Staat (im weiteren Sinne) und Wirtschaft ist so eng und so symbiotisch, dass die Politik ständig mit äußerst subtilen Erpressungs- und Korruptionsversuchen seitens der Wirtschaft zu rechnen hat.«

»Wenn der Repräsentant der Wirtschaft erkennt, dass das Wohl seiner Konzern-Organisation zu einem guten Teil vom Wohlwollen der (internationalen) Politik abhängt, dann ist es zwangsläufig Teil seiner Führungsaufgabe, hier mit allen ihm zur Verfügung stehenden (legalen) Mitteln Einfluss zu nehmen. Das politische Umfeld ist für Unternehmen ab einer gewissen Größe leichter zu gestalten als ein unter hohem Wettbewerbsdruck stehender Markt, also würde ich logischerweise wesentliche Teile meiner Aktivitäten in die Politik verlagern.«

»Das ist zwar nicht im Sinne der ursprünglichen Wirtschaftsordnung, aber es ist aus der Sicht der Wirtschaft bzw. des Unternehmens in dieser Situation leider durchaus vernünftig.«

»Vor diesem Hintergrund wird auch die neoliberale Forderung nach Steuersenkungen immer verständlicher: Der Staat muss klein gehalten werden, und das fängt beim Budget an. Je abhängiger die Politik von der Privatwirtschaft wird, desto leichter lassen sich die Interessen der Wirtschaft durchsetzen. Wenn man sich daran erinnert, wie unsere Großkonzerne ihre Steuerlast über die Ausnutzung von Steueroasen legal minimieren können, dann wird doch eigentlich klar, dass das Verlangen der Wirtschaft nach Senkung der Steuern nicht in erster Linie der Wettbewerbsfähigkeit geschuldet ist, sondern den politischen Interessen der Großkonzerne, einen Staat zu formen, der ihnen aus der Hand frisst.«

Big Business

»Wenn Unternehmen so groß geworden sind, dass sie über Kapital und über weitgehend steuerfreie Gewinne aus nicht regulierten Steueroasen verfügen, deren Höhe oft den nationalen Haushalt einer ganzen Reihe von Staaten übertrifft, so eröffnen sich auch hier Handlungsalternativen, die sich der Durchschnittsbürger überhaupt nicht vorstellen kann.«

»Da ich über keine klaren Nachweise verfüge, werde ich spielerisch in die Rolle der Unternehmensleitung eines großen Konzerns schlüpfen und mir erlauben, ›laut denkend mit dem Freunde‹, eine Geschichte zu erzählen.«

»Es gibt da ein kleines, im westlichen Sinne wenig entwickeltes, aber unabhängiges Land, dessen Bevölkerung auskömmlich lebt und dessen öffentliche Finanzen ausgeglichen sind. Dieses Land verfügt über große natürliche Ressourcen (Öl, Gas, Holz, Kohle oder ähnliches), mit denen unsere Unternehmensgruppe einen ›Sack voll Geld‹ verdienen könnte, wenn wir Zugang bekämen. Was machen wir also? Wir analysieren die wirtschaftliche Lage des Landes und stellen erwartungsgemäß fest, dass die Bevölkerung mit 200 Dollar durchschnittlichem Jahreseinkommen aus westlicher Sicht arme Leute sein müssen. Denen kann doch geholfen werden.«

»Also tritt eines Tages ein seriös gekleideter Herr in Auftrag unseres Unternehmens auf und macht den Eliten des Landes klar, was sie alles finanziell versäumen, wenn sie die Ressourcen ihres Landes nicht heben. Da die Elite des armen Landes das Geschäft mit den Ressourcen nicht versteht, aber sehr wohl begreift, was für sie durch die Ausbeutung möglich wird, bildet sie eine Koalition mit unserer Unternehmensgruppe, indem sie ein Entwicklungsprojekt in ihrem Land politisch unterstützt. Unser Unternehmen gewinnt über die Eliten auch das Wohlwollen der Regierung des ›armen‹ Landes, und wir vereinbaren, dass wir uns bei der Weltbank und anderen Entwicklungseinrichtungen dafür stark machen werden, dass das Land Kredite für gezielte Entwicklungsmaßnahmen erhält. Natürlich und unter uns: Wir forcieren und unterstützen nur solche Projekte, die uns der Ausbeutung der Ressourcen, also den ›Geldsäcken‹, näherbringen.«

»Wir arbeiten das Projekt aus, nutzen unsere guten Kontakte zu den Institutionen – und siehe da, dank unserer exzellenten Beziehungen können wir in wenigen Monaten der Regierung des noch unabhängigen Landes berichten, dass die Weltinstitutionen die Entwicklung des Landes, das heißt die Voraussetzungen für die Hebung der Ressourcen, voll finanzieren werden. Die Projekte, die wir von den Weltorganisationen finanzieren lassen, werden natürlich aufgrund unserer umfassenden Erfahrung durch unsere Leute gesteuert, und die Mittelverwendung wird überwacht, das sichert einfach den Erfolg.«

»Wichtig ist dabei, dass der rechtliche Vertragspartner der Weltinstitutionen immer der ›arme‹ Staat ist. Am Ende des Entwicklungsprojektes werden wir alles erreicht haben, was wir für die Ausbeutung der Ressourcen benötigen. Die damit verbundenen Vertragspakete werden dann von der Regierung unterzeichnet sein. Die Haftung aus diesen Verträgen liegt erwartungsgemäß bei dem Staat, mit dem wir zur Refinanzierung einen für uns vorteilhaften Vertrag über die Schürfrechte an den Ressourcen geschlossen haben. Wir haben die Mittelverwendung gesteuert und alle Voraussetzungen geschaffen, um nun den ›Sack voll Geld‹ verdienen zu können.«

»Die Kosten der Finanzierung haben wir zum größten Teil dem armen Staat mit dem Argument aufgebürdet, durch die künftigen Lizenzgebühren für die Schürfrechte würden die Schulden ganz schnell bezahlt sein. Wenn die Schuld über die Jahre bezahlt sein wird, ist bedauerlicherweise aber auch die Ausbeutung abgeschlossen.«

»Was ist passiert? Ein vormals mit gesunden Finanzen ausgestattetes, aber relativ armes Land ist jetzt Opfer einer halbstaatlichen Finanzdienstleistungsindustrie, ist völlig abhängig vom Wohl und Wehe der Weltinstitutionen und muss sich nach deren häufig wechselnden Zielvorstellungen richten. Das Land hat seine Selbständigkeit und Unabhängigkeit komplett eingebüßt und wird zum Spielball der Weltbank und unserer Unternehmensgruppe. Selbst ein demokratisch legitimierter Regierungswechsel tangiert unsere Position nicht, denn aus dem Vertragswerk kommt das Land die nächsten zwanzig oder mehr Jahre nicht heraus.«

»Wenn unsere Unternehmensgruppe sich noch aus irgend einem fadenscheinigen Grunde gezwungen sieht, die Lizenzzahlungen an das Land temporär einstellen, wird der Kredit zwangsläufig überfällig. Dann treten die Weltinstitutionen auf, lassen sich die Lizenzforderungen an unser Unternehmen abtreten, entlassen unter Umständen Regierungen, verfügen über Strukturmaßnahmen – und haben dabei immer ein Ohr für das, was unsere Gruppe sagt und was wir wollen. Denn ohne uns klappt der Projekt-Plan ja nicht; wir sind in einer quasi monopolistischen Position. Die Institutionen können es sich nicht leisten, andere Wege zu gehen, denn sie wussten von Anfang an, wie der Hase laufen wird.«

»Am Ende (nach zwanzig oder mehr Jahren) hat unsere Unternehmensgruppe die Ressourcen ausgebeutet, die Kredite sind dann – hoffentlich – zurückbezahlt, aber das Land hat jetzt keine Ressourcen mehr, sondern nur noch große Umweltprobleme, die es alleine gar nicht beheben kann. Man wird dann aber sicher ein neues Projekt finden, das dann so ähnlich abläuft. Aber die Rückzahlung wird ohne Ressourcen deutlich schwieriger. Diese Form der Entwicklungshilfe ist leider weit verbreitet, sie hat in diesen Kreisen auch einen Namen: ›How to kill a healthy economy‹!«

»Übertreibst Du da nicht ein bisschen? Das ist doch kriminell!«

»Nein, ich glaube nicht. Das nennt man ›Big Business‹, zumindest in seiner Grundstruktur. Ich habe das Glück gehabt, mit ehemaligen Mitarbeitern von ›Think Tanks‹ zu diskutieren, und sie haben mir bestätigt, dass die Weltbank sich durchaus gewisser Methoden bedient, die ausschließlich dem Westen zugutekommen, aber den jeweiligen Entwicklungsländern mehr schaden als nutzen. Dabei ist nicht zwangsläufig von einem guten Willen zugunsten der Entwicklungsländer seitens der Weltbank auszugehen.«

Private Equity

»Und die Vorgehensweise ist doch ähnlich der, mit der Hedgefonds oder Private Equity Fonds bei Unternehmenserwerben vorgehen. Man gründet eine Kapitalgesellschaft mit minimalem Kapital, man führt die Verhandlungen mit dem zu kaufenden Unternehmen, einigt sich, und dann kauft die neue Kapitalgesellschaft, die über einen riesigen Berg von Schulden aus dem Anteilserwerb verfügt, das besagte Unternehmen. In der Bilanz des Käuferunternehmens steht der Beteiligungsansatz den Schulden gegenüber. In einem zweiten Schritt werden jetzt das kaufende Unternehmen (Erwerber) und das gekaufte Unternehmen verschmolzen, und das gekaufte Unternehmen darf jetzt die Schulden des Käufers aus dem bezahlten Kaufpreis über die nächsten Jahrzehnte auf sein Risiko mit Zins und Tilgung bedienen. Gelingt das ›Spiel‹, so bleibt die Sache eine leidvolle Episode in der Firmengeschichte. Gelingt sie nicht, so ist in aller Regel der ursprüngliche Käufer als Person schon längst über alle Berge. Dann wird das Unternehmen ausgeschlachtet und verwertet.«

»Auf die Frage: ›Wie kann man ein relativ gesundes Unternehmen kaputtmachen?‹ kommt die Antwort: ›Indem man es der Private Equity Industrie überlässt‹. Beim Kauf werden insbesondere die Initiatoren des Deals, die Banken und die Berater ein dickes Geld verdienen. Das Unternehmen, das nach der Transaktion übrig bleibt, ist vor Schulden krank, aufgrund fehlender Reserven hochgradig konjunkturanfällig und verfügt über ein erhebliches Zinssteigerungsrisiko, weil die Verschuldung über dem Durchschnitt liegt. Es kann nicht mehr richtig investieren und verliert seine unternehmerische Handlungsfreiheit, weil aufgrund der hohen Verschuldung immer die Investmentbanker mit am Tisch sitzen werden. Ob sie eine so glückliche Hand besitzen, mag man angesichts der Bankenkrise 2008 ff. wohl mit Recht bezweifeln.«

»Wenn dann Teile der Schulden zurückgeführt sind und damit bewiesen scheint, dass das Unternehmen nur geschädigt (erkennbar z.B. an einem deutlich schlechteren Rating), aber nicht umgebracht wurde, dann wird es für die Investoren Zeit, wieder zu gehen. Der Eigentümer hat durch den Trick der Verschmelzung seine aus dem Kauf resultierenden Schulden zu denen des Unternehmens gemacht und zieht unter Umständen mit einem hübschen Sack voll Geld davon. Die Folgen seines Handelns schüttelt er ab wie der Phönix die Asche. Respektlos bezeichnet man dieses Vorgehen auch als Känguru-Methode: ›Große Sprünge mit leerem Sack‹.«

»Aber geht das so einfach? Wenn solche Beträge bewegt werden, braucht es doch Eigenkapital, um das Geschäftsrisiko zu decken, das doch keine Bank übernimmt?«

»Ja, das siehst Du grundsätzlich richtig, das Geschäft ist also schwieriger geworden. Aber es gab Zeiten, da war das anders. Einer hat eine ›Perle‹ als Investitionsobjekt identifiziert oder glaubt es zumindest, aber es fehlt ihm an Eigenkapital. Nun gibt es grundsätzlich zwei Wege: Man kennt jemanden oder spricht jemanden an, der über das notwendige Kapital verfügt, oder man gründet einen Fonds, der dann Geld einsammelt, das den Kapitalstock des Fonds repräsentiert. Es gibt insbesondere bei der letzteren Alternative eine Reihe von formalen Hürden (z.B. Zulassung durch die Bundesanstalt für Finanzdienstleistungsaufsicht), deren Überwindung regelmäßig Geld kostet, aber dem Anleger materiell keine Vorteile bringt, weil diese Zulassung nicht das Geschäftsmodell überprüft, sondern nur darauf achtet, dass die bereitgestellten Informationen professionell aufbereitet sind und der Hinweis auf einen möglichen Totalverlust nicht vergessen wird. Dann kann die Aktion beginnen. Es ist Eigenkapital vorhanden, das als Sicherheit dienen kann, darüber hinaus dient natürlich das zu kaufende Unternehmen als Sicherheit. Dabei ist es wichtig, beim Einkauf ein Schnäppchen zu machen, damit die Differenz zwischen Kaufpreis und Marktwert möglichst groß ist. Diese Differenz kann als zusätzliche Sicherheit bei der Bank dienen und den Eigenkapitaleinsatz reduzieren. Das war doch Deine Frage, oder?«

»Wenn das so oder ähnlich abläuft, ist auch klar, dass die Herrschaften nur ein Ziel haben: aus Geld mehr Geld zu machen. Deshalb habe ich behauptet, das sind keine Unternehmer, das sind Spieler, die schnell mit wenig Einsatz reich werden wollen. Wenn ein Unternehmer ein anderes Unternehmen kauft, hat er in der Regel ein unternehmerisches Ziel – mehr Marktanteil, vertikale Integration, neues Produkt, neue Technologie etc. – also eine Vision. Die Investoren oder der Zusammenschluss von Privatiers kennt nur ein Ziel: Geld einsetzen, um mehr Geld zu erhalten.«

»Gibt es da nicht ein einfaches, grundsätzliches Problem mit dem Fonds? Wenn der Fonds Geld einsammelt, muss er doch ein Geschäftsmodell anbieten, das Interesse weckt.«

»Zweifellos, denn ohne eine plausible Erfolgsaussicht wird der Fonds kaum Geld auftreiben können. Aufgrund des hohen Wettbewerbs zwischen diesen Geldsammlern muss das Produkt in blühenden Farben dargestellt werden. Dafür, dass hier etwas Ordnung herrscht, trägt dann hoffentlich die Bundesanstalt für Finanzdienstleistungsaufsicht Sorge.«

Ökonomie und Nachhaltigkeit

»Ich habe noch eine Geschichte, die ich bei Peter Barnes gelesen habe: Das Management einer Holz produzierenden Unternehmensgruppe, die an der amerikanischen Börse notiert ist, beschließt, dem Argument der Nachhaltigkeit des Wirtschaftens Priorität zu geben und erteilt die Anweisung, die Wälder nicht mehr durch Kahlschlag zu nutzen, sondern mit Verstand die alten Bestände zu ernten und den jüngeren Bestand für die zukünftigen Generationen zu schonen. Dieses Verfahren wurde einige Jahre lang erfolgreich praktiziert. Das Unternehmen verfügte neben erfreulichen laufenden Gewinnen auch noch über Flächen, die nachhaltig bewirtschaftet wurden und hohe künftige Gewinne versprachen.«

»Auf diese Firma wurde eines Tages ›Big Business‹ aufmerksam und realisierte, dass diese Unternehmensgruppe aufgrund ihres selektiven Einschlags aus der Sicht des Geldes enorme Reserven unterhielt. Big Business verhandelte mit dem Management wegen einer Übernahme, die das Management im Bewusstsein ablehnte, dass der neue Eigentümer dem Gedanken der Nachhaltigkeit keine Beachtung schenken würde. Als die Verhandlungen zu scheitern drohten, griff ›Big Business‹ zu einem einfachen Druckmittel: Es drohte dem Management mit einer Klage bei der Börsenaufsicht wegen Veruntreuung von Aktionärsvermögen. Die Aktionäre waren nicht unzufrieden, aber das Management hatte eigene Regeln aufgestellt und den Aktionären den so genannten maximalen Gewinn ›vorenthalten‹.«

»Das klingt unter vernünftiger Abwägung des Sachverhalts wie eine verkehrte Welt. Das Management ließ sich jedoch juristisch beraten und lenkte ein, weil diese verrückte Klage mit hoher Wahrscheinlichkeit Erfolg versprach. ›Big Business‹ übernahm die Gruppe, hob im gleichen Atemzug die Nachhaltigkeitsregel auf und fuhr die ›Ernte‹ durch Kahlschlag für einen ›Sack voll Geld‹ ein. Ich bin mir nicht sicher, aber ›Big Business‹ wird einen Bilanzstichtag später die abgeerntete, ausgequetschte Unternehmensgruppe den Umständen entsprechend vorteilhaft weiterverkauft haben.«

»Was soll dann eigentlich das Nachhaltigkeitsgerede auf politischer Ebene, wenn diese Haltung jederzeit aufgrund bestehender Gesetze überrannt werden kann? Veruntreuung von Vermögen ist ja kein Kavaliersdelikt! Da versucht das Management, mal etwas anders oder besser zu machen als die Mehrzahl seiner Kollegen, dann kommen Gesetze zur Anwendung, mit denen man die Reputation dieser Personen so vernichten kann, dass ihre Existenz gefährdet ist. Sie werden also erpressbar. Wenn wir überhaupt Veränderungen in Richtung ›Nachhaltigkeit‹ erreichen wollen, müssen wir zuerst die Gesetze neu interpretieren, die mit der Nachhaltigkeit in Konflikt stehen, die es den Vertretern der ›alten‹ Interessenlagen immer wieder ermöglichen, jede Veränderung mit einfachen juristischen Mitteln im Keim zu ersticken.«

Bürokratie

»Gestern ist mir ein Nachdruck eines Buches von Ludwig von Mises in die Hände gefallen. Das ist ja eine wahre Kampfschrift. Aber – ich habe das Buch nur überflogen – seinen starken Worten zu Beginn folgt dann nicht mehr soviel neue Erkenntnis.«

»Ich habe mich vor längerer Zeit auch bemüht, das Buch zu lesen, aber irgendwann gewinnt man den Eindruck, er baut einen Popanz auf, um ihn dann gekonnt niederzumachen. Vor der Bürokratie warnt ja auch Karl Popper, aber mit ganz anderen Argumenten.«

»Was ist nun Bürokratie, und was an ihr löst diese heftige Gegnerschaft aus? Dazu findet sich weder bei von Mises noch bei Popper eine Antwort. Da müssen wir uns wohl ein paar eigene Gedanken machen.«

»Bürokratie hat gewisse Eigenschaften, die wir negativ bewerten. Aber Bürokratie scheint ein Phänomen zu sein, das symptomatisch für zivilisierte Gesellschaften ist. Der Vorwurf der Bürokratie taucht immer dann auf, wenn es um Regelwerke geht, die das Verhalten von Menschen betreffen. Regelwerke stellen Forderungen an uns Bürger, und ihre ›Schöpfer‹ erwarten, dass wir sie auch einhalten. Damit sind wir bei einem Aspekt der Freiheit. Und das war auch das Thema von Karl Popper. Er sieht in einer wachsenden Bürokratie einen Verlust an Freiheit. Eine Aristokratie hat uns früher Freiheiten genommen, nun ist die Bürokratie so gefährlich unauffällig, weil sie ein stückweit unverzichtbar scheint, um das Zusammenleben in komplexeren zivilen Gemeinschaften zu ›steuern‹, wobei immer wieder der Gesichtspunkt der Herrschaft und der Gesichtspunkt guter Verwaltung untrennbar verschmelzen. Und hier liegt wohl das Problem, das sich aber keinesfalls für ideologische Kämpfe eignet.«

»Du hast Recht. Wenn wir über Bürokratie schimpfen, ist es immer mit einem Gefühl der Ohnmacht und des Aufbegehrens verbunden. Und dieses Gefühl ist deshalb so zwiespältig, weil unser

Kopf eingesteht, dass es Regeln des Zusammenlebens geben muss, aber unser Bauch gegen die Quantität und Qualität dieser Regeln aufbegehrt. Also ein grundsätzliches ›Ja‹ zur Notwendigkeit von Regeln, aber ein großes ›Aber‹ hinsichtlich ihrer Ausgestaltung.«

»Die Liberalen wie Ludwig von Mises haben sich vehement gegen die Herrschaftsgedanken gewandt, ohne eine grundsätzlich sinnvolle Lösung für die Ausgestaltung des Widerspruchs gefunden zu haben. von Mises' Analysen sind von einer Phobie getrieben, die er nicht nachvollziehbar begründet. Aber ein Blick in unsere Geschichte der letzten 50 Jahre hätte ihm die Haare zu Berge stehen lassen – und trotzdem haben wir nicht schlecht gelebt! Also hätte eine liberalistischere Haltung im Rückblick bestenfalls zu einer graduellen Verbesserung des Lebens beitragen können, wenn so etwas überhaupt erwartet werden kann, denn auch ein verstärkter Liberalismus hätte Fehlentwicklungen produziert, aber vielleicht andere. All unser Besserwissen ist doch nach Popper nur ein Vermutungswissen. Sicherheit gibt es hierbei nicht.«

»Wo Regeln herrschen, ist die Freiheit ein Stück eingeschränkt – was auch sinnvoll ist, denn jeder hat bemerkt, dass die Gemeinschaft ohne Regeln nicht funktioniert. Es wird ein Stück individueller Freiheit geopfert, um die Vorteile der Gemeinschaft nutzen zu können. Wenn wir unterstellen wollen, dass wir bei der Definition der Regeln eine reelle Chance der demokratischen Mitwirkung haben, kann es nur darum gehen, die Vorteile der Gemeinschaft gegen die Nachteile des Herrschaftsanspruchs der Regeln abzuwägen.«

»Dabei muss man sich darüber klarwerden, dass bürokratische Regelwerke schnell ein solches Maß an Komplexität entwickeln können, dass man nicht mehr auf den ersten Blick feststellen kann, wieviel Herrschaft diese Regeln zum Ausdruck bringen. Wenn die Regel erst einmal geschaffen ist, entwickelt sie sich gerne zum Selbstläufer. Der Prozess verläuft ähnlich, wie wenn organisatorische Einheiten geschaffen, aber nicht mehr aufgelöst werden –

auch dann, wenn der eigentliche Grund ihrer Installation inzwischen weggefallen ist.«

»Und hier setzt jetzt der liberalistische Gedanke an: In der Industrie wird gerne die kreative Zerstörung zitiert, ein Begriff, den Joseph Schumpeter während des Zweiten Weltkrieges geschaffen hat, um den Zwang des Marktes zu raschen Anpassung in der Privatwirtschaft zum Ausdruck zu bringen. Dieser Druck fehlt in der öffentlich rechtlichen Bürokratie zweifelsohne, weil dort solche Entscheidungen über die politische Schiene getroffen oder vielleicht auch verhindert werden. Diese Sichtweise erklärt recht plausibel die Entwicklung, wenn man unterstellt, dass diese kreative Zerstörung auch wirklich und im versprochenen Umfang Platz greift. Aber da habe ich meine ernsten Zweifel. Verglichen mit den Bürokratien der globalen Konzerne sind doch öffentliche Bürokratien eher als klein und überschaubar zu bezeichnen. Und wenn Bürokratie einmal eine derartige Größe erreicht hat, können wir die Wirkungen der ›kreativen Zerstörung‹ auch in der Privatwirtschaft getrost vergessen. Zudem haben sich durch die Einführung der elektronischen Datenverarbeitung Prozessanalysen als notwendig erwiesen, um die Abläufe zu optimieren. Dabei ist es funktional ziemlich uninteressant, ob der Ablauf öffentliche oder privatwirtschaftliche Abläufe betrifft. Bürokratie bleibt Bürokratie.«

»Ich glaube, wir haben jetzt die wesentlichen Gefahren der Bürokratie in allgemeiner Form dargestellt. Was sind denn nun die Vorteile? Ich kann mir einfach nicht vorstellen, dass Bürokratie wächst und gedeiht, wenn sie nur negative Seiten hat.«

»Max Weber hat sich hier um die Beschreibung von Bürokratie bemüht. Der Beschreibung aus dem Beginn des 20. Jahrhunderts ist nicht viel hinzuzufügen.«

»Hast Du ein paar Merkmale parat?«

»Sicher, aber ohne Garantie der Vollständigkeit. Bürokratie gilt Max Weber als Instrument rationaler Herrschaftsausübung. Traditionalismus und Fanatismus haben wenig Einfluss. Die bürokratischen Strukturen sind ein Mittel der Gerechtigkeit, weil Willkür eingegrenzt wird, und die Strukturen sind aufgrund ihrer Regelgebundenheit neutral, sie gelten für alle in gleichem Maße. Vorschriften und Auflagen regeln Sicherheit in nahezu allen Lebensereichen und schützen vor Unfällen und Schäden. Bürokratie bedeutet Rationalisierung von wiederholbaren Prozessen. Sonder- und Einzelfälle produzieren systembedingt Inflexibilität und Ineffizienz. Hierarchische Arbeitsteilungsstrukturen regeln die Zuständigkeit. Gründlichkeit geht vor Schnelligkeit. Die Regeln entheben den Bürokraten vielfach der Notwendigkeit, eigene Entscheidungen treffen zu müssen. Die reduzierte Verantwortlichkeit ist im täglichen Umgang oftmals ein Stein des Anstoßes.«

»Das klingt doch gut. Was ist so schlimm an der Bürokratie?«

»Ich glaube, dass die Bürokratie gar nicht schlimm ist, solange sie unter Kontrolle bleibt. Ohne Bürokratie geht es nicht. Wenn wir alles und jedes dem wirtschaftlichen Egoismus unterwerfen würden, so erhielten wir eine Herrschaftsform, die maßgeblich durch Geld und damit wahrscheinlich auch durch Korruption (Willkür) geprägt wäre. Jede liberale Verfassung verlangt sinnvollerweise nach einem starken Staat. Jeder starke Staat braucht aber eine durchsetzungsfähige Bürokratie, um die legalen Regeln, die der Staat sich gibt, auch durchzusetzen, und zwar ohne Ansehen von Geld, Einfluss und Macht. Und hier kann ich mir nur eine Bürokratie vorstellen, bei der der Grundsatz ›Gründlichkeit vor Schnelligkeit‹ und der Grundsatz der Neutralität gilt. Das ist die eine Seite der Medaille.«

»Das zeitweilige Überborden von Bürokratie ist aus meiner Sicht der Preis, den eine komplexe Gesellschaft von Zeit zu Zeit bezahlen muss, um ein funktionierendes Gemeinwesen darstellen zu können. Und ich kann mir immer eine bessere Bürokratie vorstellen, aber alle bisherigen Versuche, den Moloch zu zähmen oder gar auszurotten, sind gescheitert. Also bleibt nur die Eingrenzung und ständige Überwachung aller Aufgaben, um Auswüchse zu minimieren. Das ist auch das, was man wohl ›demokratische Kontrolle‹

nennt. Ob diese Kontrolle besonders effektiv ist, vermag ich jetzt nicht zu beurteilen.«

»Aber ich habe den Eindruck, das Überbordende der Bürokratie kommt nicht aus sich heraus. Es sind oft die politischen Kräfte der so genannten Legislative, die dieses Überborden auslösen.«

»Ja, ich bin ähnlicher Meinung. Die Überbürokratisierung kommt immer auf leisen Sohlen. Ein schönes Beispiel aus der Wirtschaft ist das Missverständnis, dass Dokumentation automatisch Qualität erzeugt.«

»Was meinst Du damit?«

»Erst gab es einen Ansatz des Total Quality Management (TQM), der zur Bürokratie zunächst überhaupt keinen Bezug hatte. Es zeigte sich aber, dass die Verwaltung des Anspruchs von TQM eine Dokumentation erfordert, weil Management ja auf nachweisbaren Leistungen fußt. Und jeder Beleg einer Aktivität ist ein Dokument. Das Problem dieses Ansatzes ist aber, dass nun alle Beteiligten auf das Dokument starren, die Dokumentation belohnen und ihr Fehlen sanktionieren. Also ist nicht mehr die Qualität das Kriterium für ›gut‹ oder ›schlecht‹, sondern die damit verbundene Dokumentation. Die angestrebte Qualität fällt aus dem Fokus, und die Dokumentation ersetzt die Qualität.«

»Auf ihr bauen jetzt ganze Karrieren auf. Gute gemachte Dokumentation bedeutet Promotion. Wo aber bitte ist die ein-eindeutige Verknüpfung von Dokumentation und Qualität? Qualität lässt sich nicht so recht messen, also wird die Dokumentation die Hilfsgröße, an deren Ausprägung man glaubt, Qualität messen zu können – viel Dokumentation bedeutet folglich viel Qualität. Nach der Masse an Dokumentationen zu urteilen, die ein Unternehmen zum Nachweis seiner ›Qualität‹ aufbewahren muss, müsste die Qualität doch aus allen Fugen platzen! – Nein, das ist aber nicht der Fall, denn die Pannen haben sich nicht im gleichen Maße verringert, wie die damit verbundenen bürokratischen Kosten gestiegen sind. Es ist und bleibt nur eine dämliche Dokumentation, die einen riesigen

Wasserkopf an Verwaltung nach sich gezogen hat, einer Vielzahl von Beratern den Lebensabend versüßt – aber das Ganze hat mit unmittelbarer Qualitätssteigerung absolut nichts zu tun. Das ist ein typischer Fall von ›bürokratischer Verblödung‹, den man aber bitte nicht dem Phänomen ›Bürokratie‹ anlasten sollte.«

»Der Knackpunkt liegt im Problemlösungsansatz, bei dem Äpfel mit Birnen verwechselt werden. Aber das merkt zum Glück keiner, und alle schauen geflissentlich weg. Diesen Wahnsinn heute wieder zurückzudrehen, erscheint unmöglich. Eine ganze Dienstleistungsindustrie hat sich dieses Schwachsinns bemächtigt und verteidigt ihre neu geschaffenen Pfründe. Man bekommt keine ISO-Zertifizierung, ohne dass man diesen Gedankenfehler bei seinem Unternehmen eingerichtet hat. Dokumentation ist gewissermaßen ein bürokratischer Selbstläufer geworden. Der Wahnsinn greift auch global um sich und ist scheinbar nicht mehr zu stoppen: Erst war er nur auf die Produktion konzentriert, jetzt kommt auch die Dienstleistung dran.«

»Dieser Qualitätsansatz erinnert mich immer wieder fatal an das Rating von Subprimeprodukten in der Finanzwirtschaft – alles war fein im Hochglanz dokumentiert, besiegelt, geprüft – bis die Blase platzte, weil nicht mehr die Substanz selbst beurteilt wurde, sondern nur die ›abgehobene‹ Dokumentation der Dokumentation. Das Faszinierende an diesem Ansatz ist die bürokratisch organisierte Verantwortungslosigkeit. Keiner ist mehr verantwortlich zu machen, weil alle ihre Häkchen und Initialen an der richtigen Stelle dokumentiert haben. Also sind sie für das aufgetretene Problem nicht verantwortlich zu machen. Das ist organisierte Verantwortungslosigkeit, einen Begriff, den Du Dir merken solltest. Er kennzeichnet schon weite Teile unserer Wirtschaft. Was ist mit unseren Pflegeeinrichtungen? Was ist mit unseren Krankenhäusern? Statt die Substanz zu beurteilen, wird die Dokumentation überprüft. Dass die stimmt, ist doch wohl klar. Und wenn nicht, hat der Betreffende das System nicht verstanden. – Alles bürokratische Entgleisungen, die sich keiner mehr traut zurückzunehmen.«

»Was ist ›Compliance‹? Was ist ›Corporate Governance‹? Auch das sind bürokratische Regelsysteme, die dazu dienen, die Verantwortlichkeit der Unternehmensspitze zu entlasten. ›Compliance‹ ist ein bürokratisch organisiertes System von Regeln, mit dem versucht wird, die Komplexität der rechtlichen Sachverhalte im Unternehmen zu regeln. Insbesondere Sachverhalte, die wiederholt auftreten, sind in diesen Systemen geregelt. Mögliche Systemverstöße gehen regelmäßig zu Lasten der unteren Chargen, denn die Unternehmensspitze hat sich ja ein ›Compliance-System‹ gegeben und kann, wenn sie dabei keine groben Einführungsfehler begangen hat, nicht haftbar gemacht werden.«

»Was passiert eigentlich, wenn ein Fall eintritt, den das Compliance-System noch gar nicht vorhergesehen und geregelt hat? Das ist ein Fall, der gerade an der Unternehmensspitze regelmäßig auftreten müsste, weil hier innovative und unkonventionelle Lösungen gesucht und vorangetrieben werden sollten. Hier bietet doch der unterschiedliche Charakter der Entscheidungen einen programmierten Konflikt: Innovation ist das Gegenteil von Bürokratie – bürokratische Regeln sollen die Innovation leiten, steuern?! Wo führt das hin? – Ins Chaos oder in die Verkrustung! Bürokratie ist notwendig, aber sie darf bitte unsere Aktivitäten und unser Verhalten nicht dominieren und damit strangulieren.«

»Wir folgen mit dem bürokratischen Vorgehen einem kollektiven Kontrollwahn. Alle Ablaufdetails sollen protokolliert und damit überwacht werden. Jeder, der handelt, hat mindestens einen, der protokolliert. Das Ende des irren Spiels ist eine komplette Überwachung, eine Verkrustung der Strukturen und die systematische Eliminierung jeglicher Kreativität.
Der Kontrollansatz folgt doch letztlich Lenins Devise: ›Vertrauen ist gut, Kontrolle ist besser‹ und übernimmt dessen Fehlinterpretation des Menschen. Die Institution der totalen Kontrolle kann nicht die Lösung sein. Wir müssen wieder den eigenverantwortlichen Menschen ins Zentrum unserer Überlegungen stellen. Die übertriebene Anwendung von Kontrollen macht doch deutlich, dass wir inzwischen von einem Menschenbild ausgehen, dem wir keinen

eigenen Schritt mehr zutrauen. Das Bild des Menschen ist das einer Maschine. Sie macht eben keine Fehler. Wir müssen unsere gesellschaftliche Organisation nicht auf Kontrolle aufbauen, sondern Strukturen unter Einbeziehung der Tatsache schaffen, dass Menschen Fehler begehen. Das ist manchmal nachteilig, aber birgt die große Chance, auch mal etwas anders und besser zu machen. Diejenigen, die die Kontrollen aushecken, sind doch auch nicht fehlerfrei. Also müssen wir zu Organisationsformen kommen, die bewusst Fehler zulassen.«

»Wenn wir den Menschen als eigenverantwortlich, aber fehlbar verstehen wollen, müssen wir an seiner Bildung arbeiten. Menschen, die Verantwortung tragen, müssen die Chance haben, eine Persönlichkeit entwickeln zu können, die breitere Facetten aufweist als das einseitige Befolgen von Profitmaximierungsregeln. Dann wird deutlich, dass nicht nur Wissen Macht ist, sondern erst gepaart mit einer runden Persönlichkeit Menschen dafür vorbereitet, größere Aufgaben zu übernehmen. Wir müssen wieder lernen, Vertrauen in Menschen und nicht in noch mehr Kontrollen zu haben. Vertrauen aber ist eine Eigenschaft, die in der Wirtschaft nicht entwickelt wird. Vertrauen wird dort nur für fremde Zwecke benutzt.«

Was tun?

»Ich bin mit unseren Gedanken nicht zufrieden. Wir haben eine Vielzahl von Gesichtspunkten, Fakten und Meinungen durch unseren Wolf gedreht und haben wenig für gut befunden. Kann man eine solche Diskussion abbrechen, ohne sich zu fragen, was denn nun die Schlussfolgerung aus dem ist, was wir hier diskutiert haben?«

Persönliche Hindernisse

»Du hast Recht. Viele der Ungereimtheiten fordern eigentlich eine Antwort heraus, die über die Kritik hinausgeht. Wir sollten uns aber auch klarmachen, dass schon eine ganze Reihe von neuen Gedanken im Raume steht und mit dem ›Mainstream‹ hadert. Hierzu muss man sich aber von der großen Bühne verabschieden, denn ›Mainstream‹ bedeutet, dass die ›Herde‹ (die Vielen) sich mit den teilweise kläglichen Argumenten der Wenigen abspeisen lässt und wie so oft nicht bereit ist, erstens ihr Hirn zu benutzen und zweitens das für sie als richtig erkannte im Rahmen der eigenen Möglichkeiten umzusetzen. Der Gruppendruck des Mainstreams ist hoch, und eine Entscheidung, ihm auf bestimmten Gebieten keinen Raum zur Entfaltung zu geben, erfordert manchmal sehr viel Mut und Überwindung.«

»Denken wir an den Konsumismus, der zweifelsohne ein Lebensgefühl vermittelt, das durchaus angenehm sein kann. Das sagt der Bauch. Die Erkenntnis, dass Konsumismus einer riesigen Verschwendung gleichkommt, entsteht in der Regel im Kopf. Der Betroffene ist also ständig im Zwiespalt, wem er nun zustimmen soll und welche Konsequenzen er ziehen soll: Folgt er dem Konsumismus, der uns einlullt, der uns manipuliert, der aber so schrecklich bequem ist – oder folgt er der intellektuellen Erkenntnis, dass Konsumismus unsere Lebensgrundlagen verheizt. Gegen die Bequemlichkeit vorzugehen, ist im Kleinen der Auf- und Ausbau einer Art ›Mainstream der anderen Art‹ – man muss an

Gemeinschaften Gleichgesinnter geraten oder sie suchen, die diese persönlichen Schnitte unterstützen. Dann ist diese Vorgehensweise leichter und der Schritt gewiss nachhaltiger.«

»Du meinst also, der Einzelne ist in diesem Zwiespalt regelmäßig verloren, und er braucht Mitstreiter, um etwas bewegen zu können.«

»Ja, der Konsumismus tut ja im ersten Schritt nicht weh, verlangt von uns keine Entbehrungen und auch keine Denkleistung, man muss nur das Geld haben, um im Rahmen seiner finanziellen Möglichkeiten am Lifestyle mitmachen zu können. Und dass das ein hoher Anreiz ist, sieht man, wenn man die Menschen im täglichen Hamsterrad beobachten kann. Sie folgen den Regeln des Hamsterrades am Anfang ein Stück weit freiwillig. Sich dann wieder von den Abhängigkeiten des Hamsterrads zu lösen, wird aber zunehmend schwierig.«

»Die Gruppe, die sich am leichtesten vom Konsumismus abwenden kann, ist jene, der schlicht das Geld nicht zur Verfügung steht, diesen Unsinn mitzumachen. Das müssen nicht zwangsläufig die ›Armen‹ sein. Es sind jene, die erkennen, dass sie ihr Geld zu hart verdienen, um es für ›Schnickschnack‹ auszugeben. Das ist eine nüchterne Kosten-/Nutzen-Überlegung, die aber über die klassische Ökonomie hinausgeht. Ich denke, Geld kann – richtig verstanden – auch ein Stück weit ein guter Lehrmeister sein, wenn Hirn und Bauch miteinander im Clinch liegen.«

Menschliches Maß

»Es gibt doch den Begriff vom menschlichen Maß. Der Ausdruck klingt überaus positiv – aber was bedeutet der Ausdruck konkret?«

»Viele meinen damit vermutlich den Rückzug in alte Zeiten. Das ist aber ein Interpretationsfehler. Es geht nicht darum, in eine ›schöne alte Welt‹ abzutauchen, sondern es ist eine Frage, welches Maß man an die großen und kleinen Entscheidungen unserer Zeit angelegen will: Ist es das Maß unseres Wirtschaftssystems, das angeblich alternativlos Einschränkung, eine Veränderung unserer Haltung, die Aufgabe unseres menschlichen und personalen Wertes erfordert – oder ist es das Maß der Menschen, die das System durch ihren Einsatz am Laufen halten?«

»Man gewinnt den Eindruck, dass das ›menschliche Maß‹ auf dem Rückzug ist und das ›systemische Maß‹ an Boden gewinnt. Wenn diese Auseinandersetzung am Ende vom Menschen verloren wird, haben wir so etwas wie Huxleys Zustände der ›Schönen neuen Welt‹ realisiert. Das ist vermutlich nicht das Ziel derer, die uns täglich die Alternativlosigkeit des systemischen Maßes predigen, aber sie wollen nicht erkennen, wo der Unsinn hinführt.«

»Insbesondere scheuen sie das Risiko, eine andere, eine menschlichere Welt zu denken. Diejenige, die ausschließlich auf Geld und damit auf das System setzen, müssten doch wissen oder erkennen, dass das Risiko, dieses System bei einer weiteren Übertreibung, sprich Krise, recht schnell an die Wand zu fahren, sehr hoch ist. Es ist also keine grundsätzliche Frage eines hohen Risikos, denn beide Alternativen bergen immense Risiken. Es ist eine Frage des Wollens und eine Frage der Vermittlung.«

»Mir persönlich erscheint es für uns und die Gesellschaft risikoärmer, eine neue Richtung einzuschlagen, als auf dem systemischen Weg wie Lemminge unveränderbar fortzufahren. Die Grenzen unseres gegenwärtigen Wirtschaftssystems wurden schon in so vielen Szenarien mehr oder weniger drastisch und glaubhaft beschrieben. Ob wir handeln oder nicht handeln – es wird sich verändern. Alle beschriebenen Szenarien sind nur Hirngeburten; es kommt letztlich wahrscheinlich völlig anders als vorhergesagt. Deshalb ist es meines Erachtens so wichtig, dass wir das systemische Maß, das nur dazu dient, uns zu Abhängigen des Wirtschaftssystems zu machen, durch eine Sichtweise zu ersetzen, die das menschliche Wohl in den Vordergrund rückt. Die Angst um unseren erreichten Wohlstand ist ja nicht unbegründet. Der komplette Zusammenbruch unserer Wirtschaftsordnung, an dem wir 2008 so gerade vorbeigeschrammt sind, hätte fatale Folgen haben können.

Stell Dir vor, die Politik (und damit die Bürger) hätten einer Bankenrettung nicht zugestimmt. Die Banken wären reihenweise wie im Schneeballsystem Bankrott gegangen, und die liquiden Vermögen der Anleger hätten sich in Luft aufgelöst. Das träfe im wesentlichen den wohlhabenderen Teil unserer Bevölkerung. Und das Problem ist noch nicht gelöst und abgeschlossen. Aber Angst ist immer ein schlechter Ratgeber. Sie ist aber bei den sogenannten Eliten sehr beliebt, weil Angst und Gier nach herkömmlicher Ansicht das Verhalten des Menschen leichter verändern als alle vernünftigen Argumente. Niko Paech hat die Frage des Umbaus so formuliert: Wird es uns gelingen, das Problem ›by design‹ oder ›by desaster‹ zu lösen? Ich bin da eigentlich ein starker Befürworter des Versuchs, das Problem über ›Design‹ zu lösen.«

»Was heißt das ›menschliche Maß‹ im Konkreten? Kannst Du das etwas klarer machen?«

»Die Mehrzahl der Maßnahmen, die heute getroffen werden, um die ›Märkte‹ zu beruhigen, sind doch in der Regel Maßnahmen, die primär dem Erhalt des Systems dienen, aber teilweise verheerende Auswirkungen auf die betroffenen Menschen haben. Meine Vorstellung vom menschlichen Maß erfordert zumindest eine öffentliche und ergebnisoffene Diskussion von Nutzen und Kosten solcher Maßnahmen für die betroffenen Menschen. Und das kann nicht mit dem Argument der Alternativlosigkeit niedergebügelt werden. Die behauptete Alternativlosigkeit ist Volksverdummung, um fehlende politische Willensbildung durch scheinbaren ökonomischen Sachzwang zu ersetzen. Die Sachzwang-Methode hat sich in unserer Gesellschaft in den letzten Jahren als nützliches Mittel des politischen Apparates erwiesen, politische Auseinandersetzungen zu umgehen. Politisches Handeln gewinnt dadurch einen Anschein von Effizienz. Aber auf wessen Kosten? Das ist der Tod jeder demokratischen Entwicklung. Ist das konkret genug?«

»Ich glaube schon. Aber was können wir hierzu beitragen?«

Unser Beitrag

»Das Ziel dieses Beitrags ist es, die Notwendigkeit zu vermitteln, unser Hirn einzuschalten, sogenannte Alternativlosigkeiten zu hinterfragen und immer wieder die Frage zu stellen: ›*Cui bono*‹? (Wem nützt es?). Wir haben versucht, ausgewählte Zusammenhänge der Wirtschaft auf eine sehr direkte und konkrete Weise darzustellen; wir haben versucht, sie von der Verhüllung zu befreien und deutlich zu machen, mit welchen zweifelhaften Mitteln das Spiel gespielt wird. Die von uns geäußerten Meinungen mögen nicht immer richtig sein, aber sie sollen ja das Hirn trainieren, um unbequem zu werden.«

»Ein weiterer Beitrag geht von jedem Einzelnen aus, der seiner Erkenntnis in einer alternativen Einstellung Ausdruck verleiht. Die Globalisierung können wir (absehbar) nicht abschaffen, aber wir können bewusst in die ›Regionalisierung‹ gehen. Mancher wird sagen: Das bringt doch nichts. Ich glaube, das ist zu kurz gedacht. Alle Bewegungen, die politischen Einfluss gewonnen haben, haben so begonnen. Vielen Bewegungen ist über die Zeit die Luft ausgegangen. Es ist schwer, die Spannung lange aufrecht zu erhalten, wenn durchgreifende Erfolge fehlen. Das weiß auch die Politik, und sie wird nur auf jene hören, die einen langen Atem haben. Aber: ›Die mächtigste Kraft der Welt ist eine Idee, deren Zeit gekommen ist‹ (Voltaire).«

»Die andere Seite ist die praktische Wirtschaft. Sie ist offensichtlich ein viel feinerer Seismograph für neue Entwicklungen als die Politik. Denke doch nur, wie sich die Biobewegung durchgesetzt hat. Sie hat sich offensichtlich zu einen unverzichtbaren Marktanteil entwickelt, den kein Discounter mehr ignorieren kann. Ob immer alles, was dort unter ›Bio‹ verkauft wird, auch Bio enthält, erscheint angesichts der Mengen und der Preise fraglich, aber ›Bio‹ ist eine riesige Erfolgsgeschichte.«

»Ähnlich läuft es nun mit der Regionalisierung. Das Verkaufssegment der regionalen Waren wird als neuer Markt wahrgenommen und vielfach umgesetzt. Anonyme Massenware erhält durch die

Regionalisierung plötzlich ein Gesicht, einen Namen und damit eine Beziehung, die über das Kaufen nach Kriterien wie ›Billig‹ und ›Viel‹ hinausgeht. Das ist bei Frischware relativ einfach umzusetzen; für Kleider und Schuhe wird der Anspruch schwierig zu realisieren, weil es in Deutschland kaum noch Produktionen für die Grundmaterialien wie Stoff, Garn und Leder gibt. Hier hat die Globalisierung ziemlich ›erfolgreich‹ zugeschlagen.«

»Wir müssen auch ein anderes Denken hinsichtlich unseres Konsums entwickeln. ›Geiz ist geil‹ ist doch nur ein Ausdruck für ›billig ist gut‹. Ist es das wirklich? Was wäre die Alternative, und wie lange tut das ›Billige‹ seinen Dienst, und wie lange könnte das scheinbar Teure uns von Nutzen sein? Die Rechnung des ›Billig ist gut‹ geht in der Regel nicht auf. ›Billigware‹ hat gewöhnlich keine Lebensdauer und ist deshalb teuer. Erst anhand des Quotienten aus Anschaffungspreis und erwarteter Lebensdauer lässt sich eine vernünftige Anschaffung beurteilen. Hinzu kommt, dass ›Billig‹ in der Regel nicht reparaturfähig ist und damit eigentlich dem ›Müll‹ zugeordnet werden muss.«

»Billig ist ein Herren-T-Shirt für zwei Euro. Wie lange kann man solche T-Shirts tragen? Ein Wochenende oder ein paar Tage mehr? Was passiert dann? Anders ausgedrückt: Der Erwerb eines solchen T-Shirts ist der käufliche Erwerb von Müll. Die T-Shirts müssen irgendwo hergestellt werden. Jeder, der mal ein richtiges T-Shirt gesehen hat, wird feststellen, dass die Billig-Ware eigentlich keine Ware ist, sondern schon Müll war, bevor sie in die Läden kam. Und dafür ist selbst der Preis von zwei Euro zu hoch. Wenn der Konsument diesen Einkaufsrhythmus (ein T-Shirt pro Wochenende) beibehält, hat er im Jahr 104 Euro für Müll ausgegeben, denn der Gegenwert existiert nicht mehr. Für 104 Euro kann man, je nach Anspruch an die Qualität, etwa zwei bis fünf gut sitzende T-Shirts erwerben, die auch noch im Folgejahr ihrem Träger gut zu Gesicht stehen.«

»Die andere Seite der Medaille ist das Wissen, dass dieser Schrott auch irgendwo in der Welt produziert werden muss. Von den zwei

Euro Endverkaufspreis gehen die Margen der Produzenten, des Großhandels und des Einzelhandels und Kosten für den Transport ab. Was dann vom Verkaufspreis für den Grundstoff Baumwolle oder Synthetic und den Arbeitslohn für Zuschneiden, Einfassen und Nähen übrig bleibt, steht offensichtlich jenseits der Vorstellungskraft der einzelnen Käufer. Für zwei Euro kann man unter anständigen Bedingungen überhaupt nicht produzieren. Das geht nur über Ausbeutung.«

»Ein deutliches Argument, dass die Bezeichnung ›Billig‹ nicht dazu dient, dass wir als Konsumenten ›billig‹ einkaufen können, ist die Tatsache, dass mit dieser ›Billig-Geschäftsidee‹ Handelskonzerne hohe Gewinne erzielen. Wenn der Konsum dieser Güter aus der Sicht des Konsumenten also wirklich billig wäre, würden sich die Konzerne schon aus dem Geschäft zurückgezogen haben. ›Billig‹ ist also mit Sicherheit kein Argument zum Vorteil des Konsumenten.«

»Manche wollen aber nicht vernünftig sein – so wie kleine Kinder. Sie wollen immer wieder ihr Begehren auf neuen Schnickschnack richten können und glauben an die ultimative Befriedigung. Das kann sehr teuer werden, und die Enttäuschung ist vorprogrammiert. Um die Enttäuschungen nicht zu massiv wirksam werden zu lassen, stürzt sich das arme ›Menschenkind‹ lieber wieder in neuen Konsum.«

»Was machen eigentlich die Menschen, deren finanzielle Mittel diese emotionale Befriedigung nicht zulassen? Konkret: Sie verfügen nicht über das Geld, um sich regelmäßig dem Konsum hinzugeben. Sind sie nun wirklich arm, oder bleibt ihnen nur eine unnötige Versuchung erspart? Diese Überlegung ist sehr zynisch, denn gerade in den unteren Einkommensschichten ist die konsumtive Komponente relativ wichtiger als in den gehobenen. Das entspräche der Überlegung, dass ein Euro für einen Bettler eine Mahlzeit bedeuten kann, während der Euro bei Bill Gates vermutlich gar nicht wahrgenommen würde.«

»Hier liegt einer der Knackpunkte. Die Ökonomie spricht gerne vom selbstbestimmten rationalen Konsumenten, und die reale Wirtschaft zieht gleichzeitig alle Register, um uns jeden Tag klarzumachen, wie abhängig wir ›Konsumjunkies‹ sind. Nicht jeder ist für alles und jedes anfällig, aber jeder hat so seine Schwachstellen. Wie einfach wäre es, wenn es gelänge, diese konsumduselige Haltung durch ein bisschen mehr Vernunft zu ersetzen.«

»Dabei müsste man sich nur wenige Fragen stellen:
Brauche ich das begehrte Gut wirklich? Wie lange und wie oft werde ich es nutzen? Was kostet mich das Gut pro Minute/Stunde oder Tag der Nutzung? Was bezwecke ich mit dem Kauf: eine Anschaffung, oder möchte ich mir nur aus einer momentanen Laune heraus einen zweifelhaften Wunsch erfüllen?«

»Was heißt das konkret?«

»Nahezu jeder ›Mann‹ steht irgendwann vor der ›existenziellen‹ Frage der Anschaffung einer Bohrmaschine.
Erste Frage: Habe ich schon eine Bohrmaschine?
Klar, aber die hat kein Schlagwerk!
Zweite Frage: Wie alt ist Deine Bohrmaschine? Wie oft hast Du sie in den letzten fünf Jahren länger benutzt als zusammen fünf Minuten? Wenn Du das ehrlich beantwortest, wirst Du feststellen, dass Deine vorhandene Bohrmaschine noch fast neuwertig ist.
Dritte Frage: Kennst Du jemanden, der eine Bohrmaschine mit Schlagwerk hat?
Klar, der Nachbar! Dann wäre es doch vielleicht eine Idee, wieder mal mit ihm zu sprechen und ihn zu bitten, uns sein ›Wundergerät‹ zu leihen. Es kostet gewöhnlich nur ein paar freundliche Dankesworte und schafft eventuell eine neue Kontaktbasis zum Nachbarn.«

»Es gibt übrigens eine Studie, die zu dem Ergebnis kommt, dass jede Hobby-Bohrmaschine in Deutschland in ihrem ›anstrengenden‹ Arbeitsleben im Schnitt nicht mehr als zwölf Minuten arbeitet. In den deutschen Kellern schlummern Millionen von Bohrmaschinen, und alle harren auf den Tag ihres Einsatzes, die meisten leider vergebens. Das ist eigentlich grotesk, aber es scheint die Realität zu sein. Also – ich kaufe mir keine Bohrmaschine mehr. Denn auch ich habe schon zwei Maschinen, und das ist eh' schon mindestens eine zuviel.«

Immer noch nicht glücklich

»Alles, was wir bis jetzt gesagt haben, ist richtig. Aber angesichts der identifizierten Probleme sind das doch eher vernachlässigbare Maßnahmen, weil ihre Massenwirkung fehlt.«

»Dann musst Du Dich wohl oder übel mit anderen organisieren. Es gibt eine Vielzahl von Einrichtungen, angefangen von Attac, Greenpeace, Nachdenkseiten, und jüngst eine Initiative ›Generationenmanifest‹ (www.generationenmanifest.de). Alle individuellen Möglichkeiten sind wohl ausgeschöpft. Mir fällt hierzu nichts mehr Neues ein.«

»Lass uns hier einen Schlussstrich ziehen! Es gibt viel zu bedenken und noch mehr zu verarbeiten.«

Ausgewählte Literatur

Ariely, Dan: *Denken hilft zwar, nützt aber nichts,* Ebook o.J.

Baecker, Dirk: *Womit handeln Banken?* Frankfurt 2008

Barnes, Peter: *Kapitalismus 3.0* – Ein Leitfaden zur Wiederaneignung der Gemeinschaftsgüter, Heinrich Böll Stiftung, Ebook o. J.

Gershman, John / Chang, Ha-Joon: *Kicking Away the Ladder* – the »Real« History of Free Trade, http://www.fpif.org/papers/0.3trade/index.html

Duncan, Richard: »Eine neue Weltwirtschaftskrise?« Interview in: *Mittelweg* 36, April/Mai 2013, S. 58 ff.

Drossou, Olga / Krempl, Stefan / Potermann, Andreas (Hrsg.): *Die wundersame Wissensvermehrung,* Hannover 2006

Galbraith, John Kenneth: *Die Ökonomie des unschuldigen Betrugs,* München 2005

Ghoshal, Sumantra: »Bad Management Theories are Destroying Good Management Practices«, *Academy of Management, Learning & Education,* 2005, Vol. 4, No. 1, pp.71ff.

Heinrich, Silke, Heinrich Böll Stiftung (Hrsg.): *Wem gehört die Welt?* Netzausgabe München Berlin 2009

Heinrich, Silke, Heinrich Böll Stiftung (Hrsg.): *Commons* – für eine neue Politik jenseits von Markt und Staat, Netzausgabe Bielefeld 2012

Jackson, Tim: *Wohlstand ohne Wachstum,* München 2011

Machiavelli, Niccolò: *Der Fürst,* Stuttgart 1978 (zuerst 1513)

Mises, Ludwig von: *Die Bürokratie,* Sankt Augustin 1997 (zuerst 1944)

Nida-Rümelin, Julian: *Die Optimierungsfalle* – Philosophie einer humanen Ökonomie, München 2011

Nida-Rümelin, Julian: *Ethische Essays,* Frankfurt 2002

Ostrom, Elinor: *Was mehr wird, wenn wir teilen* – Vom gesellschaftlichen Wert der Gemeingüter, München 2011

Paech, Niko: *Befreiung vom Überfluss,* München 2012

Popper, Karl R.: *Lesebuch – Ausgewählte Texte zu Erkenntnistheorie, Philosophie der Naturwissenschaften, Metaphysik, Sozialphilosophie*, Hrsg: David Miller, Tübingen 1995

Sandel, Michael J.: *What Money Can't Buy,* New York 2012

Schumpeter, Joseph A.: Kapitalismus, *Sozialismus und Demokratie,* Bern 1950

Sen, Amartya: *Die Identitätsfalle,* München 2007

Smith, Adam: *Der Wohlstand der Nationen,* Neu-Isenburg 2009 (zuerst 1776)

Thielemann, Ulrich: *Ethik des Finanzmarktes* – Die unverstandene Rolle als angeblicher ›Diener‹ der Realwirtschaft, Berlin 2011

Vogl, Josef: *Das Gespenst des Kapitals,* Zürich 2010

Weber, Max: *Wirtschaft und Gesellschaft,* Tübingen 1972 (zuerst 1925)

Wilkinson, Richard / Pickett, Kate: *Gleichheit ist Glück,* Berlin 2012

Notizen